聖女に散々と罵《ののし》られたが、夜の彼女は意外と可愛い

seijoni sanzanto nonoshiraretaga yoruno kanojowa igaito kawaii♥

目次

SEIJONI
SANZANTO NONOSHIRARETAGA
YORUNO KANOJOWA
IGAITO KAWAII♥

プロローグ

この大陸には様々な形式のダンジョンが存在する。

周囲の魔力素子《マナ》を吸収して、多種多様な魔物を生み出すと言われているそれらは、放っておくと魔物の群れによる大氾濫《スタンピード》を引き起こす。

ゆえに、初代の王はある対策を打ち立てた。

ダンジョンの側に町を作り、冒険者ギルドによって管理。大氾濫《スタンピード》が発生しないように、魔物を継続的に狩り続けるという政策だ。

最初は困難も多かったという。

だが、魔物を倒した際に入手できる魔石を動力にした魔導具が開発されたことで事情は一変、人々はこぞってダンジョンの側に町や村を作るようになった。

しかし、町を作れないような危険な地域にもダンジョンは存在する。そういったダンジョンを放っておくと大氾濫《スタンピード》を引き起こすため、定期的に遠征パーティーが派遣される。

遠征パーティーには多額の報酬が支払われるため、参加希望者は後を絶たない。だが、実際に参加できるのは、高い評価を得て許可をもらった冒険者のみ。

遠征パーティーに参加するのは冒険者の憧れであり、一流の証でもある。俺はそんな遠征パーティーの中でも、トップクラスのパーティーに参加していた。


勇者の称号を持つ、圧倒的な攻撃力を誇るカイル。

聖女の称号を持つ、異世界より召喚されし、癒やしの担い手であるエリカ。

賢者の称号を持つ、伯爵令嬢にして、攻撃魔術に秀でたシャルロット。


そして俺。称号は持っていないが、剣や魔術を使い攻守にわたって活躍するスイッチ型の魔剣士で、みんなを支えてきた――つもりだった。

ある日、いつものように仲間達とダンジョンに潜り、ボス部屋でケルベロスを撃破した。

強力な敵であると同時に、高価な魔石をドロップする魔獣を倒した俺達は、街に戻って祝杯を挙げる、はずだった。

だが、手傷の治療をエリカに頼んだ結果、返ってきたのは平手打ちだった。

エリカは気の強い女の子だが、同時に思い遣りのある聖女でもある。そんな彼女が俺――というか、誰かの頬を叩くなんて信じられない。

驚いたのは俺だけじゃなかったようで、他の仲間達も唖然としている。

「はっ！　なにが怪我をしたから魔術で治して欲しい、よ。魔物の前に飛び出して！　魔術でいくらでも治せるとか思ってるんじゃないでしょうね!?」

「いや、そうは思ってないが……」

「だったら、簡単に負傷してるんじゃないわよ！」

「ちょっとエリカ？　いきなりどうしちゃったのよ。アベルくんはあなたを庇《かば》って怪我をしたんだよ？　なのに、そんな言い方はないんじゃない？」

「はんっ、誰が庇って欲しいなんて言ったのよ。あたしは庇ってもらわなくても平気よ」

　エリカはシャルロットの取りなしにも耳を傾けない。

「エリカ、少し落ち着けよ。怪我をしたのは悪かったけど、お前は後衛で、しかも回復要員なんだから庇うのは当然だろ？」

「そう思うのなら、もっとスマートに助けなさいよ！　あなたが負傷したら、あたしだって危なくなるんだから、意味ないでしょ！」

「たしかに、場当たり的な対処だったけど……あれはしょうがないだろ？」

　ケルベロスが、強化魔術《バフ》を使ったエリカにいきなり襲いかかったのだ。

　高位の魔物は脅威度の高い相手を判別して狙う傾向にあるが、決して狙いを正確に図ることは出来ない。エリカの強化魔術《バフ》に敵が反応したのは予想外だった。

　とっさに庇わなければ、エリカが負傷していた可能性は高い。ベストではなかったかもしれないが、ベターな選択ではあったはずだ。

「というか、強化魔術《バフ》を使うなら、事前に教えてくれよ」

「はあ？　なら聞くけど、教えたらどうしてた？　危ないから使うなって言ったわよね？」

「それは……エリカが狙われるかもしれないんだから、当然だろ？」

「それが気に入らないのよ！　自分一人で全部背負おうとしないでよね！　良い？　強化魔術《バフ》が必要かどうかはあたしが決める。あんたに指図されるいわれはないわ！」

「……だが、それで危険になるのはエリカなんだぞ？」

「うるさいって言ってるでしょ！　というか、いいかげん我慢の限界なのよ！　あたしは前から、
アベルの行動には腹が立ってたのよ！」

「エリカ、それくらいにしなよ。興奮しすぎだよ？」

「うるさいわねっ！」

シャルロットが再び取りなしてくれるが、やはりエリカは耳を貸さない。

「シャルロットの言うとおりだぜ、エリカ。いくらなんでも、言い過ぎだ」

カイルもフォローを入れてくれる。

「うるさいって言ってるでしょ！　カイル、あなたはどっちの味方なのよ!?」

エリカがギロリと睨みつけ、カイルが息を呑んだ。

そして――

「……くっ、くくっ、はーっははっは」

カイルが笑い始めた。その変貌っぷりに俺は息を呑む。

「そうか、そうだよなぁ！　俺もそう思うぜ、エリカ！」

「ちょ、ちょっとカイル？　あなたまでなにを言い出すのよ」

「あぁん？　なにって、エリカと同意見だって話だよ！　ホント言うと俺も、アベルはこのパーティーに相応しくないって前から思ってたんだよ！」

カイルがエリカに同調を始めた。

二人からぶつけられる非難の嵐に驚き、俺は息をするのも忘れて立ち尽くす。

「カイル、ふざけないで！　エリカも、本当はアベルくんに感謝してるでしょ？　いまはちょっと機嫌が悪かっただけよね？」

「はぁ？　あたしがアベルに感謝なんてしてるはずないじゃない！」

「はーっはー、そうだよな！　アベルになんて感謝するはずないよな！　あぁ、そうだ。この際、アベルをパーティーから追放しちゃおうぜ！」

「ちょっと……あなたねぇ」

「そうよね、あたしもそう思うわ！　アベルはこのパーティーから抜けるべきよ！」

「ぎゃははははっ、そうだよな！　アベルは追放で決定だ！」

「あーはっはは、そうよ、決定よ！」

あまりと言えばあまりの急展開に、俺とシャルロットは呆気にとられる。そうこうしているうちにエリカとカイルは意気投合し、俺のパーティー追放を決めてしまった。

——その日の夕暮れ時。

俺が荷物を纏めていると、青みがかった銀髪の少女、シャルロットが訪ねてきた。

「シャルロット？　夜に訪ねて来るなんて珍しいな」

シャルロットは伯爵令嬢ということもあってか、男と二人っきりになるような状況を避ける傾向にある。夜、俺の部屋を訪ねてきたのは、おそらくこれが初めてだ。

「夜は避けたかったんだけどね。どうしてもいま話しておきたかったの」

「……さっきのことか？」

「うん、そうだよ。……ねぇアベルくん。あなた、本当にパーティーを抜けるつもりなの？」

「ああ、そのつもりだ」

「そんなの、間違ってるよ」

シャルロットが不満気な顔をする。

「仕方ないだろ、追放すると言われたんだから」

「しょうがなくなんてないっ！　二人に抗議するべきだよ！」

「抗議？　そんなことをしてなんになる」

「……分かってるでしょ？　あなたが攻守共にバランスよく戦ってくれるから、パーティーはここまで来られたんだよ？」

「……そうだな、俺もそう思ってる」

俺達のパーティーは全員が一流だ。

だが、カイルは良くも悪くも生粋のアタッカーで周囲への気配りがおろそかだ。シャルロットやエリカはそうでもないが、二人とも接近されたらなにも出来ない後衛職だ。

攻守のバランスを取る俺がいなければ、後衛の二人を狙われてあっという間に瓦解する。

「それが分かってるなら、どうして抗議しないの？」

「重要なのは実力だけじゃない。エリカやカイルがあんな風に思ってる以上、なにを言ったって無駄だ。だから、俺はパーティーを抜ける」

俺だってショックを受けている。

だけど、だからこそ、あそこまで一方的に言われて、パーティーに留まりたいとは思わない。

「それに、この数年でだいぶ稼がせてもらったからな。ここらで遠征パーティーから抜けて、田舎でのんびり暮らすのも悪くはないかなって思って」

「……そういや、そんな夢があるって言ってたね。田舎町に一戸建てを建てて、愛する奥さんやペットとのんびり暮らす、だったよね？」

「変だと思うか？」

「うぅん、そんなことない。私もそれが良いと思うわ」

シャルロットがふわりと微笑んだ。

「そんな訳だから、俺はパーティーを抜けるよ。シャルロットには悪いと思うけど……」

「うぅん。悪いのはあの二人だもの。アベルくんが気にすることじゃないよ。それに、私はこう見えても伯爵家の令嬢だよ？　心配されなくたって、自分のことは自分で決められる」

「……そうか、そうだよな」

シャルロットは自分の道を自らの力で切り開いてきた。凛と微笑む彼女は、今回の苦難も自分の力で切り開いていくのだろう。

「そういえば、アベルくん。腕の傷はどうなった？」

「あぁ……ポーションを使ったから大丈夫だよ」

俺は怪我をした方の袖を捲ってみせる。

「もう、少し傷が残ってるじゃない。治癒魔術を使うから腕を出して」

「ありがとう、助かるよ」

お言葉に甘えて腕を差し出す。

シャルロットは俺の腕を取り、穏やかな声で詠唱を始めた。温かな光が俺の腕を包み、わずかに残っていた傷跡が消えていく。

聖女であるエリカには及ばないが、暖かみのある治癒魔術だ。俺はその心地よさに身を任せなが

ら、ぼんやりと窓の外を眺める。

いつしか地平線に太陽が沈み、魔導具の灯りだけが街並みを照らしている。

「……すっかり夜だな」

ぽつりと呟くが答えは返ってこない。どうしたのかと視線を向けると、シャルロットは俺の腕を摑んだままぼんやりとしていた。

「シャルロット？　おぉい、シャルロット？」

繰り返して呼び掛けると、シャルロットはようやく俺を見た。その顔は熱に浮かされたようにぽーっとしていて、紫の瞳はなにやら潤んでいる。

「えへへっ、アベルくんの手、おっきいね～」

「はい？」

「それにね。こうして触れてると、凄く安心するんだぁ。……んっ」

「シャ、シャルロット？」

なになに、どうなってるの？

なんでシャルロットが俺の手の甲にキスをしたんだ？　これも治癒魔術の一環？　いや、そんなわけはない。治癒魔術はさっき使い終わったはずだ。

「おい、シャルロット、どうしたんだ、しっかりしろ！」

「……ふえ？　あ、わ、私――っ。い、いまのは忘れて！」

シャルロットは真っ赤になって立ち上がり、逃げるように退出していった。俺は呆気にとられ、その背中を無言で見送ることしか出来なかった。


その後、部屋に残された俺はしばらくして我に返った。

荷物を纏めながら、いままでのことを思い返す。

最初はいまからおよそ三年前。女神様によって異世界転移させられたというエリカを保護したのが始まりだった。

まだつたない回復しか出来ないエリカと二人でダンジョンに潜り、弱い敵と激戦を繰り広げ、その結果に一喜一憂していた。

それから少しずつ結果を出せるようになり、色々あってシャルロットが仲間に加わった。

そして最後が、勇者の称号を持つカイル。

困難にもぶち当たったが、みんなで一つずつ壁を乗り越えて、ついには遠征隊への参加資格をゲット。一躍トップクラスにまで上り詰めた。

通常パーティーの上限である四人になった俺達は、既に完成している……はずだった。

俺達は……いや、俺とエリカはずっと上手くやっていると思っていた。これからもずっと、上手くやっていけるのだと思っていた。

「どうして、こんな風になっちゃったんだろうな」

思わず独りごちる。

その瞬間、再び扉がノックされた。シャルロットがなにか忘れ物をしたのかな？　そう思って扉を開けた俺は息を呑む。

扉の前に立っていたのは金髪ツインテールの女の子。

いままさに思いを巡らしていた相手、エリカだったからだ。

「……いまさら、なにをしに来たんだ？」

「えっと……その、傷は大丈夫かな、って」

「傷なら、シャルロットに治してもらったから平気だ。話がそれだけなら帰って……」

俺は思わずセリフを呑み込んだ。

いつもは勝ち気な蒼い瞳に、大粒の涙が浮かんでいる。

「……おい、エリカ？」

「ごめん、なさい。ごめんなさい、アベル」

ひとしずくの涙がこぼれ落ち、それを切っ掛けにボロボロと涙を流す。無数の煌めく雫が、宿の床を濡らしていく。

「……なんでエリカが泣くんだ。泣きたいのはこっちだぞ」

「ふえぇ……ごめんなさい。ひくっ。でも、あれには理由があるの」

「……理由？」

問い返すが、エリカはボロボロと泣いていて話にならない。

俺はため息を吐き、エリカを部屋に招き入れることにした。

エリカを椅子に座らせて、用意したハーブティーを差し出す。そうして、落ち着くのを見計らって、なにがあったのかと問い掛けた。

「実は、その……ダンジョンでのあれは、あたしの本心じゃないのよ」

「……物凄くノリノリだったと思うんだが」

金髪ツインテールを振り乱し、高笑いまでしていた。あれが本心じゃなかったと言われても、どうやって信じろっていうのか……

「だから、あれには理由があるの。本当よ。あたしは、アベルにいつも感謝してる」

「だが、さっきは散々罵《ののし》っただろ？」

「それは、あなたがあたしのために無茶をするのが凄く嫌だったからよ！」

「心配だから、思わずあんなに罵ったって？　言い訳にしてはお粗末すぎるだろ」

心配のあまり怒るっていうのは分かるけど、あれはその範疇《はんちゅう》を超えている。

「信じられないのは分かるわ。だけど本当なの！　あたしは、ツンデレのバッドステータスを持ってて、それが原因であんな風に罵っちゃったのよ！」

「……はい？」

バッドステータスというのはマイナスの効果が発生する能力のことで、有名なのは不運とか短気とか。不運は不幸なことが起きやすくなり、短気は感情の制御が難しくなる。

だが、ツンデレのバッドステータスと言われてもなんのことか分からない。

「あたしが異世界から召喚されたことは知ってるわよね？」

「女神に呼ばれたんだろ？」

多くはないが皆無でもない。エリカのように前世の記憶を完全に引き継いでいるケースは珍しいそうだが、転生者や転移者はこの時代にも何人か存在している。

「女神様が転生の特典として、能力を選ばせてくれるの。それで、あたしは治癒魔術に大きなボーナスを得られる聖女の称号を選んだんだけど……ポイントが少しだけ足りなくて」

「ポイント？」

「詳細は省くけど、ポイントの範囲内で好きな能力を習得できたの。でも、あたしのもらったポイントじゃ聖女を選べなくて、ポイントを増やす必要があったのよ」

「……その手段が、バッドステータスの習得だった？」

「ええ、そうよ。それでツンデレっていうバッドステータスを習得したの」

「ふむ……」

いまのところ、筋は通っている。というか、異世界召喚された人間は、両極端な長所と短所を持つことが多いと聞いたことがある。

「ちなみに、ツンデレのバッドステータスって、どういう能力なんだ？」

「あたしの認識では、素直になれなくなる程度のモノだと思ってたわ。だけど……」

「エリカの予想とは違った？」

「ええ。予想よりずっと影響が強かった。さっき、あんなことを言ってしまうくらい、ね」

それによると、発動する時間帯は太陽が出ているときで、気持ちが高ぶったり、周囲に複数の人がいるときはツンが強くなるらしい。

エリカは前置きを一つ、ツンデレのバッドステータスについて話し始めた。

「けど、いままでは平気だったよな？　いままでも気は強かったけど、あんな風に俺を罵るなんて初めてのことだったし……なんで急に発動したんだ？」

「それは、その……ツンデレの発動対象が限定されてるから、よ」

「限定？」

「ええ、限定よ」

内容を聞いたのに、オウム返しのような答えが返ってきた。

「どんな風に限定されてるんだ？」

「そ、その、ほっ、惚れた相手に対してだけ、発動、するの」

「え、それって……」

「〜〜〜〜っ」

それだけで、なにが言いたいのか分かってしまうほどに真っ赤っかだ。いままでのギャップもあって、恥ずかしそうに俯く姿が物凄く愛らしい。

だが、俺だって、はいそうですかと信じるほど単純じゃない。

「……そうやって、また俺を騙すつもりじゃないよな？」

「嘘じゃない。いまから、それを証明してみせるわ」

「証明？　どうやって――んっ!?」

完全な不意打ちだった。

気がついたらエリカに唇を奪われていて、俺は慌ててエリカを引き剝がす。

「――お、お前、急になにをするんだよ!?」

「いまのは、メディア教に伝わる契約魔術よ」

「おいおいおい……」

メディア教とは、この世界を管理する神々の一人であり、エリカを召喚した女神でもあるメディアをあがめる教団である。

そのメディア教に伝わる契約魔術というからには、なんらかの強制力が働くはずだ。

「一体どんな効力なんだ？」

「さっきのは誓いのキスという契約魔術よ」

「……誓いのキス？　なにを誓うんだ？」

「あたしが一生、アベルに添い遂げるという誓いよ」

「……は、はい？」

わりと意味が分からなかった。というか、分かりたくなかったのかもしれない。

「死が二人を分かつまで、あたしはアベルとしか愛し合うことが出来ないの」

「……あ、愛し合う？」

「そう。もしあたしが他の誰かに手を出そうとすれば、あたしが女神様に呪われるし、誰かがあたしを襲おうとした場合はその人が呪われるわ」

「うわぁ……」

いま、さらっととんでもないことを言ったぞ、この娘。

「あ、誓ったのはあたしだけで、アベルが他の子に手を出しても女神様に呪われたりはしないから安心してね、あたしは嫉妬に怒り狂うけど」

「まったく安心できない!?」

お、おかしいな。

エリカはたしかに気が強いけど、同時に聖女と呼ばれるに相応しい女の子だったと記憶していたんだけど……一体なにがどうなってしまったんだろう。

「というか、なんでこんなマネを……」

「あなたを罵ったのが本心じゃないって知って欲しかったからよ」

「まさか、そのためだけにこんなことをしたのか？」

「そうよ。あ、あなたを好きだから、誤解されたままにしたくなかったの」

「〜〜〜っ」

ストレートな告白に顔が熱くなる。

「とにかく、あたしがアベルを嫌っていないっていうのは信じて欲しいのよ」

「それは、まぁ……信じるよ」

にわかには信じられない話だけど、既にパーティーを追放されている俺を、こんな風に騙す必要はない。だとしたら、エリカの言っていることは事実だろう。

「ありがとう、アベル」

「良いけど……どうするつもりなんだ？　事情を話して、俺をパーティーに戻すのか？」

「それなんだけど……カイルが問題でしょ？」

「あぁ……あいつなぁ」

エリカの言葉は本心じゃなかったけど、カイルまでツンデレってことは……ないだろう。というか、あって欲しくない。

つまり、カイルのあれは本心ということ。

「アベルに仲間にしてもらった恩も忘れてあんなこと言うなんて、カイルの奴、最低よね」

「おおむね同意見だが……お前にだけは言われたくないと思うぞ？」

「～～～っ、意地悪イジワルいじわるぅ！　あたしのはスキルの効果なんだからしょうがないでしょ！　あたしだって、ホントはアベルにあんなこと言いたくなかったんだからね!?」

「そ、そっか……」

ヤバイ。やっぱりギャップが可愛く思える。

「とにかく、カイルの件がある以上、パーティーを組み続けるのは得策じゃないわ」

「まぁ、それはそうだな。俺もあんな風に思われてるって分かった以上、カイルとはパーティーを組みたくない」

「でしょ？　だから、アベルは予定通りパーティーを抜けるべきだと思うのよね」

「ふむ。それはかまわないが……その後は？」

「頃合いを見て、あたしもパーティーを抜けるわ。そして、あたしとあなた、二人一緒にどこかの田舎でのんびり暮らしましょ？」

「……なるほど」

それなら俺の予定とも重なるし、エリカと一緒に田舎でスローライフも悪くない。

「俺はちょうど、田舎でのんびり暮らそうと思ってたんだ。エリカがついてくるって言うなら、別に止める理由はないよ」

「それは、あたしの想いに応えてくれるって意味かしら？」

「そっちは保留」

「もう、どうしてそんなイジワルを言うのよ」

「俺だって色々あって混乱してるんだよ」

いままでは仲間だから、あまり異性として意識しないようにしてた。

でも、好意は抱いてる。エリカのことを憎からず思ってる。誓いのキスで俺以外とは結ばれることが出来ないのならなおさら、前向きに考えたいとは思う。

だけど、あんな風に罵られた直後で気持ちの整理が出来てない。

「分かったわ。あたしはどうせ、あなた以外は愛せないし、愛すつもりもない。あなたが待って欲しいって言うのなら、もちろんいくらでも待つわよ」

「……そうしてくれ」

エリカがいきなり契約魔術を使ってきただけで俺は悪くないはずなのに、なんか微妙に俺が優柔不断みたいな流れになってる気がする。

なんか、ちょっと不本意だ。

「それじゃ、アベルは予定通り明日パーティーを抜けてね」

「分かった。合流場所は……」

「あ、それなら大丈夫。さっきの誓いのキスの効果で、あなたがどこにいても分かるから」

「え、どこにいても……分かる？」

「ええ、数時間に一度、あなたがいるおおよその方角と距離が分かるのよ」

「……ちょっと恐いんだけど」

どこにも逃げ場はなさそうだ。いや、別に逃げるつもりはないんだけど。


——翌朝、俺は旅立ちの時を迎えていた。

「おはよう、アベル」

宿を出たところでエリカと出くわす。

「おはよう、エリカ。もしかして、見送りに来てくれたのか？」

「え、それはその……。～～～っ。そ、そんなはずないじゃない、バカじゃないの!?　あなたが意見を翻《ひるがえ》して留まったりしないよう確認に来ただけよ！　じゃあねっ！」

朝から元気な聖女様が俺を罵って、立ち去っていった。

あれもツンデレ？　とかいうバッドステータスの効果、なのか？　素直になれないというのは分かるんだが……旅立って欲しくないという意味、なのかな？

いまいちその法則が分からない。

「くくっ、アベル、ずいぶんと嫌われたモノだな」

物凄く楽しそうなカイルが近付いてきた。

「カイルか、見送りに来てくれたのか？」

「あぁそうだ。哀れなお前を笑いに来たんだよ」

「はぁ……お前にそこまで嫌われてるとは思ってなかったよ」

「だったら、ここまで内心を隠してた甲斐があったってもんだな。ギリギリまで秘密にして、ここぞというときに暴露する。そうしてお前が絶望する姿を見るのは最高の気分だ！」

「そうかそうか、それはよかった」

「くくっ、強がりだけは一人前だな」

強がり、ねぇ。エリカのあれは本心じゃないというのに……なんというか、ここまで道化を演じてくれると、逆に笑えてくる。

むしろ、ちょっと哀れに思えてきた。

「カイル、お前も元気でやれよ」

「はん、お前にいわれるまでもねぇよ。お前がいなくなって、パーティーは俺のモノだからな。エリカも、必ず俺のモノにしてやんよ！」

「お、おぅ」

「ふっ、聖女様の無垢な身体に、色々と教え込んでやるぜっ」

「……まぁ、頑張れよ」

エリカは契約魔術によって、俺以外と寝ることは出来ない。さらに、もし誰かが強引にちょっかいを出そうとしたら、その者が呪われるというおまけつきだ。

そもそも、エリカは近々パーティーを抜ける。

それを教えてやっても良いんだけど……ギリギリまで秘密にして、ここぞというときに暴露するのは最高に気分が良いそうなので、ぜひ自分でも体験してもらいたい。

「それに、シャルロットも俺のモノにしてやるからよ」

「……マジか」

一夫多妻自体は珍しくない。権力者や富豪のあいだではよくある話なので、勇者であるカイルが二股を掛けたいのなら勝手にすれば良いと思う。

だが、気の強いエリカやシャルロットに手を出すなんて自殺行為だ。

二股なんて、掛けようとしたとバレた時点で殴られたって文句言えない。もしまかり間違って二人に同時に惚れさせることが出来たとしても、バレた時点で絶対に修羅場になる。

そんなことにも考えが至らないなんて、調子に乗りすぎで笑える。

「せいぜい頑張れよ」

俺は肩をすくめ、踵《きびす》を返して旅立った。


さてさて。まずはどこかの田舎を目指そう。

そう思って、街の外れまで行くと、シャルロットが待ち構えていた。

「シャルロット、見送りに来てくれたのか？」

「そうだよ。この後のことについても話しておきたかったしね」

「……この後？」

なんのことだろう？

「アベルくんと一緒に田舎でのんびり暮らすって話に決まってるじゃない。ほとぼりが冷めた頃にパーティーを抜けて、あなたの後を追い掛けるからね――って言いに来たんだよ」

「……おや？」

それは、エリカとした話で、シャルロットとした話じゃない気がする――ってセリフは、ギリギリのところで呑み込んだ。

「ええっと、いつの間にそんな話に？」

「アベルくん言ったじゃない。田舎に一戸建てを建てて、愛する奥さんと暮らしたいって」

「……たしかに言ってたが。……え？　もしかして、そういう意味だった？」

「他になにがあるの？」

な、なんだって――っ!?　と叫びたい衝動に駆られる。

それを言葉にしなかった俺は、本当に頑張ったと思う。

「だから――」

不意打ちで頬にキスされた。

なんか、物凄いデジャブ。

嫌な予感が――って、落ち着け。昨日のあれは唇だったけど、今回はほっぺた。きっと違う。普通に、親愛のキスとかに違いない。

「本当は唇にするんだけど……恥ずかしいから、いまはこれで我慢してね」

「い、いや、恥ずかしいなら、しなければ良いんじゃない、かな？」

「それはダメだよ。契約魔術を発動させるには、ちゃんとキスする必要があるもん」

「け、契約魔術？」

「うん、メディア教に伝わる契約魔術だよ」

お、落ち着け、俺。

メディア教の契約魔術って言ったって、きっと色々種類があるはずだ。そうだよ。よりによって昨日のエリカと同じ契約魔術なんて、そんな偶然はありえない。

「ちなみに誓いのキスって名前だよ」

「はうわっ！」

変な声が出た。そして驚きのあまりそれ以上の声が出ない。

「もしかして知ってるの？」

「あ、あぁ、ちょっと、その……最近、知る機会があってな」

「そうなんだ？　それは偶然だね」

「あ、ああ、偶然だな」

よりによって、絶対に起きちゃダメな偶然だけどな！

「というか、なんで誓いのキスを俺に……？」

「あれ？　契約の内容を知ってるんだよね？」

「いや、まぁ、知ってはいるんだけど、なんでかなって」

「もう。知ってて私に言わせようとするなんて……アベルくんのいじわる」

頬を染めて恥ずかしそうなシャルロットが可愛い――って、違う。可愛いシャルロットにドキドキしてる場合じゃねえよ！

ここは、正直に話すべきだ。

俺、エリカにも誓いのキスをされてるから、と。

――って、無理だあああああああっ！　契約魔術を終えたこの状況でそんなこと言ったら、シャルロットに刺されても文句言えねぇよ！

どうする、どうするよ、俺！

「つ、つかぬことを聞くけど、その契約魔術って解除は……？」

「もちろん、出来ないよ？」

「そ、そうだよな……」

こまった、こまった、こまった！

「ねぇ……アベルくん。もしかして……迷惑だった、かな？」

「え、いや、まさか。一緒に田舎暮らしは歓迎だ。ただ……シャルロットに誓いのキスをされると思ってなくて」

「私は、アベルくんのこと、好き、だよ？」

一字一句丁寧に、想いを込めて紡ぐ。

シャルロットの綺麗な声に、俺は一瞬で心を奪われた。

……って、奪われてる場合じゃないよ！　エリカに続いてシャルロットからも告白されちゃった。

凄く光栄だけど、どっちか選ばなきゃいけない。

なのに、二人は契約魔術によって、俺と添い遂げるしかない。

俺が振るということは、すなわちその子の一生を台無しにするということだ。

お決まり文句の、俺よりキミに相応しい相手がきっと見つかる――なんて気休めすら言えない。

こ、こうなったら開き直るしかないな。どこぞの貴族や富豪みたいに、エリカとシャルロット相手に二股を掛けるしか――


気の強いエリカやシャルロットに手を出すなんて自殺行為だ。

二股なんて、掛けようとしたとバレた時点で殴られたって文句言えない。もしまかり間違って二人に同時に惚れさせることが出来たとしても、バレた時点で絶対に修羅場になる。

そんなことにも考えが至らないなんて、調子に乗りすぎで笑える。

ああああああああぁあああっ！　さっき、カイルに対して心の中で思ってセリフが返ってきたあああああああああああああああっ!?

「……アベルくん？」

はっ!?　シャルロットが不安そうに俺を見てる。

ダメだ、ここで誤魔化してシャルロットを傷付けるのは絶対にダメだ。

「シャルロット、返事は待ってくれないか？」

「アベルくん。田舎で暮らす話、もしかして私の早とちりだった？」

「いや、それは……」

「それは……？」

シャルロットの瞳が不安げに揺れる。

「アベルくん、もし迷惑なら……」

「いや、違う。迷惑なんかじゃない。俺はシャルロットと一緒にいるのが好きだ。だから、田舎で一緒に暮らすのは歓迎だし、告白されて嬉しいと思ってる」

「……本当？」

「ああ、本当だ」

「なのに、返事は待って欲しいの？」

「そうだ。理由は言えないけど……いまは決められないんだ。だから、頼む。ちゃんと考えて、いつか必ず答えを出すから、しばらく待ってくれ」

シャルロットの顔を覗き込む。アメジストの瞳の中に俺の顔が映り込んでいる。十秒か二十秒か、しばらくしてシャルロットはこくりと頷いた。

「うん、分かった。アベルくんがそう言うのなら、私はいつまでも待つよ」

「……ありがとう、シャルロット」

「うぅん、私が急にしたんだし、気にしないで。……それじゃ、私は怪しまれる前に戻るね」

シャルロットは、微笑みを残して立ち去っていった。

残された俺は、思わず空を見上げる。

雲一つない青い空……だけど、だからこそ不穏。凄く不穏な気配を感じる。まるで嵐の前の静けさを体現しているかのように見えた。

これからどうするのが良いのかな……と、俺はそんなことを考えながら歩き始めた。

三角関係を乗り切る鍵

対象に操《みさお》を立てる、誓いのキスという契約魔術を二人から同時に受けた。

図らずも、エリカとシャルロットは俺としか結ばれることが出来なくなった訳だ。

契約魔術によるダブルブッキングで、二人はその事実を知らない。

俺は二股を掛ける酷い男状態だ。

説明して許しを請うべきか、はたまた地の果てまで逃げるべきか。冷静になって考えると説明するべきだとは思うけど……いまはとにかく情報が不足している。

俺は情報を集めるため、とある街へ立ち寄った。

シャルロットと出会った思い出の街だが、訪れたのは感傷に浸るためじゃない。メディア教の神殿があるので、契約魔術について聞かせてもらおうと思ったのだ。

そんなわけでやって来たのはメディア教の神殿。

大きな女神像の前で、シスターとおぼしき娘が出迎えてくれる。

「メディア教の神殿にようこそおいでくださいました。本日はどういったご用件でしょう？」

「メディア教の契約魔術に詳しい人、司祭様か誰かにお話を聞かせてもらいたいんだ」

「申し訳ありませんが司祭様は大変忙しい身ですので、一般の信者は特別なときにしか会うことが出来ません」

「そう言われると思って、お布施を持ってきた」

革袋に入っているお金をちらりと見せる。

シスターはそういうことでしたらと、奥の部屋へと案内してくれた。


「司祭様を呼んでまいりますので、少々ここでお待ちください」

応接間に案内された俺は、ソファに座って司祭様がやって来るのを待つ。

そうして待つことしばし、部屋に赤い髪のお姉さんが入ってきた。真っ白なローブを身に纏う、気品と色気を併せ持つお姉さんだ。

「お待たせいたしました。あたくしに聞きたいことがあるそうですが……」

お姉さんはその色っぽい金色の瞳で俺を覗き込むと、クスリと微笑んだ。

「あらあら、あなたに女難の相が出ていますね」

「……女難の相?」

エリカとシャルロットのことを言ってるのか? ……いや、女難の相なんて定番だ。具体的な内容を言われたわけじゃないし、ただの出任せだろう。

「金髪ツインテールと銀髪ロングの美少女達に追い回される未来が見えます」

「具体的に言われた!?」

いや、いくらなんでも具体的すぎるだろ。いまのは明らかに二人のことだ。

この司祭様、俺達のことを知ってるのか？　……うぅん。シャルロットは貴族だし、俺達のパーティーを知ってる可能性はあるかな？

けど、俺との関係はさすがに知らないはずだ。

なのに、この司祭様はどうして……

「ふふっ。この超絶綺麗なお姉さんは何者？　とか思ってますね？」

「不審には思ってるけど……自分で言うなよ」

「あたくしは、メディア教に伝わる契約魔術の痕跡を見ることが出来るんです。だから、あなたがどういう状況なのか、良く知っていますよ」

「え、マジで？」

「マジもマジ、大マジです。二人から誓いのキスを受けていますよね」

マジだっ!?

「す、すまない。不誠実なことになってるって自覚はあるけど、これは不可抗力で、決して意図的に二股的な状況を作り出したわけじゃないんだ！」

誓いのキスって名前からして、明らかに一途な想いを支援する契約魔術。故意ではないとはいえ、それを利用して二股な状況を作り出した。

　宗教の教えに反すると弾劾されてもおかしくはない。

「謝る必要はありませんよ。契約は一方的なモノですから、あなたは悪くありません」

「……え、ホントに？」

「ええ、あなたはなにひとつ悪くありません。罪悪感だって抱く必要はありませんよ」

「あ、あぁ……ありがとうございます」

　いくら不可抗力だと訴えたところで、二人から誓いのキスを受けている事実は変わらない。心のどこかでそんな風に自分を責めていたのだろう。

　司祭様から許しの言葉を得て、俺は心から安堵した。

「もっとも、いまのあなたはどう見ても女の敵ですが」

「ですよねぇ！」

　上げてから落とす司祭様、鬼畜である。

「話を戻しますが、その状況を打開するために、話を聞きに来たんですね？」

「ああ。契約魔術のことを教えて欲しい。秘匿されているかもしれないが……」

「問題ありません、教えて差し上げましょう」

　司祭様は柔らかに微笑んだ。

「良いのか？」

「もちろん。質問には答えますし、相談にも乗りますよ。信者の修羅場を観察するのは数少ない娯楽……いえ、迷える子羊を救うことはあたくしの使命ですから」

「……いま、娯楽って言ったよな？」

俺はジト目で睨みつけた。

「すみません。思っていても口には出さないようにしているんですが、つい」

「認めた!?」

「建前って重要ですからね」

「しかもぶっちゃけた!?」

ヤバイ。この司祭様、なんだかヤバイ匂いがプンプンする。

「悪い、急用を思い出した」

「あら、あたくしの話を聞く前に帰って良いんですか？　あたくしはそれでもかまいませんが、あなたは後悔しませんか？」

「………………」

逃げ去ろうと腰を浮かしていた俺は、無言でソファに座り直した。ヤバそうなのは事実だけど、聞きたいことがあるのも事実だからな。……仕方ない。

「なら、まずは誓いのキスについて聞かせてもらえるか？」

「ええ。かまいませんよ。誓いのキスはメディア教の契約魔術ですね。手順を踏んで契約すると、誓った相手以外とは結ばれることが出来なくなります」

「誓った相手以外と結ばれると呪われるって聞いたけど……具体的には？」

「不義を働こうとした時点で苦しみ始め、最後までいたしたら確実に死にます」

「うぁ……」

些細な呪いなら、無視しても――なんて思ってたけど甘い考えだった。

「解除する方法は？」

「死が二人を分かつまで。つまり、どちらかが死ぬまで解除されません」

「他にはないのか？」

「……なぜ、そこまで解除方法を探すんですか？」

「二人が大切だからだ」

俺は即答した。

二人は大切な仲間で、掛け替えのない存在だ。

そんな二人から想いを伝えられて、嬉しくないはずがない。どちらか一方からだけ告白されたらきっと、迷いはしても、最終的に想いに応えたと思う。

だけど、二人だ。

俺は二人を同時に幸せに出来るほどの器じゃない。だから、いつかどちらかを選ばなくちゃいけない。どちらかを、傷付けなくちゃいけない。

でも、契約魔術がある以上、ただ傷付けるだけじゃすまない。

そんなのは絶対にダメだ。

「だから、契約魔術を解除する方法を知りたいんだ」

「なるほど。二人が大切だからこそ、解除する方法を知りたいんですね」

「そうだ」

「どれだけ困難な方法でもかまいませんか？」

司祭様に見つめられ、俺はこくりと頷き返した。

「あなたの覚悟は分かりました。死ぬ以外に契約を解除する方法は――ありません」

「ないの!?　だったら、さっきの意味深な質問はなんだったんだよ!?」

「聞いてみただけです」

「ひでぇ。いまのは困難だけど、解除する方法はありますよと言われて、俺がその解除方法を手にするために頑張る流れだっただろ？」

「ないので諦めてください」

「そんなぁ……」

絶望した。司祭様しか知らない秘密の方法とかがあることを期待したんだけどなぁ。いや、この司祭様が知らないだけで、秘密の方法がある可能性は……ないかな？

「参考までにお話しすると、過去にはあなたと同じように、二人から誓いのキスを受けた色男がいましたよ」

「え、そんな前例があるんだ。その人はどうなったんだ？」

「契約魔術の二股が発覚した瞬間、修羅場になってそのまま……」

「ま、まさか……殺された？」

ゴクリと生唾を呑み込む。

「いいえ、死にたくないと泣き叫んだところ、二人に許されまして」

「泣き叫んだんだ……」

情けないって言いたいところだけど、同じ状況になったら俺も泣くかも。ここはむしろ、デッドエンドじゃなくて良かったと喜ぶべきかもしれない。

「ちなみに、誓いのキスの死が二人を分かつというのは、男としての死も含まれます」

「……ええっと？」

なぜいきなりそんな話を？　なんて聞けなかった。というか、聞きたくない。

なのに、司祭様は話を続ける。

「命だけは許してもらった彼は――」

司祭様がどこからともなく、二つの果物を取り出した。そしてそれらをグラスの上でぐしゃりと握りつぶす。その光景に息を呑んだ俺の目の前で、司祭様はグラスに果汁を集めた。

つまりは、そういうことのようだ……ぶるぶる。

「果汁のジュース、飲みますか」

「い、いや、遠慮する……」

色々な意味で飲みたくない。

「八方塞がりだな……」

二人のうちどちらかを選ぶ勇気はある。

選ばなかったもう一人を悲しませる罪悪感にも耐えてみせる。

だけど、二人のうちどちらかの一生を台無しにする気にはなれない。

「まだ諦めるには早いですよ。あなたにだって夢はあるでしょう?」

「まぁな。田舎町に一戸建てを建てて、愛する奥さんやペットと一緒にのんびり暮らしたい」

「なんだか地味でつまらない夢ですね」

やれやれと言いたげに肩をすくめる、この司祭様、だいぶ失礼だと思う。

「冒険者は普通の幸せに憧れるんだよ」

「いえ、馬鹿にしてる訳じゃありません。ただ、見てても退屈だなと思っただけで……まあ、それも良いでしょう」

ジト目で睨むと、司祭様はコホンと咳払いをした。

「とにかく、夢があるのなら諦めず、それに向かって突き進むべきだと思いますよ?」

「既にどうしようもないと思うんだけど……」

契約魔術がなければ、なんとかなったかもしれない。でも、不可抗力とはいえ、俺は二人の誓いのキスを受け入れてしまった。

もはや、刺し殺されるか、玉を潰される以外に丸く収める手段はないと思う。

「たしかに状況は苦しいですね。あたくしの見立てによると、現時点ですべてを打ち明けたら、あなたはバッドエンドを迎えます」

「……ダメじゃん」

思わず突っ込んだ。

「あの二人は独占欲が強いので、あなたが二人と誓いのキスをかわしていると知られた時点から修羅場が続き、あなたは――心労で死にます」

「心労!?」

刺し殺されたり、潰されたりするなら分かるけど、心労で死ぬってなんだ!? ストレスで病気になって死ぬとか? 嫌すぎる。

「回避する方法はないのか? あんたさっき、諦めるのは早いって言ったよな?」

「ええ。まずは誓いのキスのことを隠し通し、徐々に慣れるようにするんです。そうすれば、修羅場を乗り切るだけの耐性がつくはずです」

「それ、わりと地獄っぽいんだけど……」

「諦めたらそこで人生終了ですよ。頑張って頑張って、困難に立ち向かい、やがて訪れる修羅場に耐えるだけの力を手に入れる。それがあなたの人生です」

なにやら凜々しい顔で演説しているが、言っていることが酷すぎる。

なんだよ、修羅場に耐える人生って。

「……ちなみに本音は？」

「そこで諦められたらあたくしが楽しくありません」

「――ちくしょう！」

メディア教、いままではあんまり接する機会がなかったけど、むちゃくちゃすぎる。というか、なんで俺が司祭様を楽しませるために頑張らなきゃいけないのかと問い詰めたい。

「聴いてください！　たしかにあたくしは自分が楽しみたいと思っています」

「そこは力説するところじゃないと思うぞ……？」

この司祭様、建前は大事だと言ったことすら忘れてる気がする。

「あたくしは、あなたの不幸を願っているわけじゃありません。あたくしはただ単純に、あなたが苦労した末に幸せになる過程を楽しみにしているだけです」

「……そっか」

思わず頷いた。

……いや、他にどう反応しろと？

「最終的に俺が幸せになるって言ったけど、二人はどうなるんだ？　俺がなにもかも正直に話した方が、二人のためじゃないか？」

「いいえ、それは違います。あなたを心労で死なせたら、二人は死ぬほど悔やみます」

「それを回避するために、二人に事実を隠し続けろって言うのか？」

「はっ、嘘をつく罪悪感の心配ですか？　そんな感情で動いても人は幸せにはなれません。罪悪感なんて、丸めてゴブリンにでも食わせてしまいなさい」

「おいおい……」

　むちゃくちゃである。

「では聞きますが、あなたにとって重要なのは誠意ですか？　誠意さえあれば、二人を悲しませようが泣かせようが、どれだけ不幸にしようがどうでも良いと？」

「いや、そうは言ってないけど……」

「重要なのは、貴方達が幸せになるかどうかです。貴方達が幸せになれるのなら、過程であなた一人が罪悪感に苛《さいな》まれるくらいなんでもないでしょう？」

「そう言われると、そんな気がしないでもないような……」

　いやいやいや、落ち着け俺。

　この司祭様の提示した二択に囚われて考えちゃダメな気がする。

「特別に、女神メディアからの、ありがたい言葉をあなたに授けましょう」

「……女神メディアからの、ありがたい言葉？」

なんか、胡散臭くなってきた。

最後に、幸せになりたければ壺を買うのです。とか言われそうな雰囲気だ。

「信じる信じないはあなたの勝手ですからよくお聞きなさい。ついでに言えば、それに対してなにか対価を求めたりもしないので安心なさい」

「……そこまで言うなら」

聞かせてくれと、俺は続きを促す。

「まず誓いのキスについては時期が来るまで隠し通しなさい。でなければ、あなたは心労で死に、残された二人は心に深い傷を負うことになります」

「……その時期っていうのは？」

「限界まで隠し通せなくなるその瞬間まで。つまり、そのときが来たら分かります」

「はぁ……」

どうにでも解釈できる曖昧な言葉で、あまり当てになりそうにない。

「そしてもう一つ。ここを出たら、冒険者ギルドを訪ねなさい」

「この街にある冒険者ギルドか？」

「ええ。そこであなたが思うままに行動すれば、現状を突破して夢を叶えるための鍵を手に入れることが出来るでしょう」

「……鍵？　もう少し具体的に言ってくれないか？」

「うぅん……そうですねぇ」

司祭様は頬に人差し指を添えて小首をかしげる。

「二股状態を解消する、とても簡単な方法はなんだと思いますか?」

「そんなの、どっちか一人に絞ることに決まってる」

いきなりこんな状態になって戸惑ってるけど、俺は二股を望んでない。もし契約魔術の件がなかったら、考え抜いた末にどちらかを選んだはずだ。

「でも、それが出来ないからあなたは困っているんでしょ?」

「まぁそうだけど……他に方法なんてあるか? まさか、冒険者ギルドに行ったら、二人のうちどちらかが死ぬとか言わないよな?」

「違います。もっと簡単で、とても楽しい方法ですよ」

「まったく分からん」

「冒険者ギルドへ行けば分かります」

「……分かった。言われたとおりに行ってみるよ」

さっきと比べると具体的だし、冒険者ギルドでなにが起きるかは俺も興味がある。それに、実際になにか起きれば、他の指示に従うかの参考にもなるしな。

「話は以上です。あなたが試練を乗り越えることを期待していますよ」

「……その方が楽しいから?」

「ええ、その方が楽しいから」

この司祭様、ぶれないなぁ。

でも、だからこそ、本当のことを言っている気がしなくもない。……ちょっとだけ。

「一応、お礼を言っておくよ」

「どういたしまして。それでは、アベルさん、またどこかでお会いいたしましょう」

司祭様はイタズラっぽく微笑んで、部屋を出て行ってしまった。

——って、お布施を渡すのを忘れた。そう思ってすぐに席を立ち、扉を開けると司祭の恰好をしたお爺さんとぶつかりそうになった。

「……っと、すみません」

「いえいえ、こちらこそ。お待たせして申し訳ありません。私になにか聞きたいことがあるそうですが、この老いぼれにどのようなお話をご所望ですかな?」

「……え?」

†　†　†

「驚いた顔をしていますが、どうかなさいましたかな?」

鉢合わせした司祭風のお爺さんが首を捻る。

「……あなたが司祭様？」

「ええ。長年この神殿の司祭を務めております」

このお爺さんが司祭らしい。

だとしたら、さっきまで俺が話していた女性は誰なんだ？

「つかぬことを聞きますが、純白のローブを身に纏う、赤髪のお姉さんをご存じですか？」

「ほっほっほ。これは妙なことを聞きなさる。もちろん知っておりますぞ」

「あぁ、この神殿に仕えるシスターでしたか」

「シスター？」

納得する俺に対して、今度は司祭様が怪訝な顔をする。

「もしや……その赤髪の女性とお会いなさったのですか？」

「ええ」

「純白のローブを纏っていた？」

「そうです。さっきまで、この部屋で話してました」

「ほっほ。そうでしたか。どうやら貴方様は女神様に気に入られたようですな」

「女神様？」

「あちらをご覧ください」

司祭様は俺に向かって壁に掛けられている絵画を示した。そこに描かれているのは、純白のローブを身に纏った女性。先ほど俺が話していた相手だ。

「へぇ……絵のモデルにもなっているんですね」

たしかに絵画に相応しい整った顔立ちをしている。だが、教会に飾る絵にしては、胸元の色気が少々不適切な気がしないでもない。

「あれが女神様です」

「……え？」

あぁ……そういえば、表に飾られてた女神像も同じような女性だったな。

「もしかして、化身とか、そんな感じですか？」

「いいえ、貴方様がお会いになったのは、メディア様ご本人ですな」

「……いやいやいや。本人って、女神様ですよね？」

エリカをこの世界に招き入れたときのように、女神が人前に姿を現す事例はある。だけど、信者でもない相手に雑談をしに来るなんて聞いたこともない。

「滅多に顕現はいたしません。ですが、その……女神様は娯楽に飢えておりまして」

「……あぁ」

なんか、思いっきり納得してしまった。

契約魔術の痕跡が見えるなんて話、聞いたことないからおかしいと思ったけど、女神様なら出来ても不思議じゃない。

それに思い返してみれば、信者の修羅場観察が娯楽とも言っていた。

つまり、頭の中がお花畑なのはメディア教でも司祭様でもなく、女神様本人だったということで……メディア教、ダメかもしんない。

「そのお顔は、なにか言われたようですな」

「ええまあ……助言をいただきました」

「その割りには、お顔の色が優れないようですが？」

「それはその、あまりに、ええっと……その、そう。突拍子もない助言だったので」

あんたの仕える女神様、頭の中がお花畑で信じて良いか分からない。と言っているも同然なのだが、司祭様は「ほっほっほ」と笑って受け流した。

この司祭様、慣れている。

「もしや、過去にも似たようなケースが？」

「女神様が顕現することは珍しいですな。ですが、オラクルを授かることはときどきありますので、似たような反応には心当たりがあります」

「……な、なるほど」

やっぱり慣れてる。

「メディア様に仕える司祭として、一つだけ助言を授けましょうか？」

「ぜひお願いします」

あの女神様の対応に慣れてる人の助言ならきっと役立つ。

「メディア様は嘘はつきません。なにごとも楽しもうとするきらいがありますが、ハッピーエンドを好まれます。助言は間違いなく真実でしょう」

「なる、ほど……」

つまり、誓いのキスのダブルブッキングを打ち明けたら俺が心労で死んで、エリカとシャルロットは間違いなく一生後悔するハメになる、と。

…………………理解したけど、納得したくないなぁ。

二人に隠し事をしたまま、二股状態なのがバレないように仲良くするなんて、心労で死ぬ前に罪悪感で死んじゃう……けど、二人に一生後悔させるのも嫌だ。

仕方ない。

ひとまず、女神様の助言に従ってみよう。

司祭様との話を終えた後、俺は女神様のアドバイスに従って冒険者ギルドへとやって来た。

冒険者ギルドの建物は冒険者で賑わっており、カウンターではダンジョンで集めたであろうドロップ品を換金する冒険者達が並んでいる。

俺はそれを横目に、掲示板の前に立つ。

……懐かしいな。

エリカと二人でこの街に流れてきてほどなく、掲示板に張られていた依頼を切っ掛けにシャルロットと知り合った。

あれは……二年ほど前だったかな。

たしか、この辺の隅っこに一風変わった依頼書が——と、そんなことを考えながら掲示板を眺めるが、もちろんあの日の依頼書はとっくに取り払われている。

あるのはダンジョンで産出されるレアドロップの買い取りが大半で、他には森での薬草採取の依頼が少しだけ張り出されている。

これといって気になる依頼はない。

冒険者ギルドに行けと言われて、真っ先に掲示板を思い浮かべたんだけど……どうやら外れだったみたいだな。

「どうかお願いします！」

「嬢ちゃんの気持ちは分かるが、こっちも仕事なんだ。悪いがよそを当たってくれ」

ローブに身を包んだ子供が、冒険者のおっちゃんに追い払われている。

子供はそれでもなにか言いつのろうとしたが、ぎゅっと小さな拳を握り締めてぺこりと頭を下げた。そしてすぐに他の冒険者達へと声を掛ける。

なんだか知らないけど、冒険者に片っ端から声を掛けているらしい。

「——お願いします！」

「あぁ？　依頼ならギルドを通してくれ」

「それは……その、ギルドにはお願いして断られたので」

「なら無理に決まってんだろ。ほら、邪魔だからよそに行きな」

「――ひゃう」

若い冒険者にどんと突き飛ばされた。ふらついた子供が尻餅をつく寸前、俺は一気に距離を詰め、その小さな身体を支える。

「……え？　あ、あれ？」

「大丈夫か？」

「え、あ、はい。ティアを支えてくれてありがとうございます！」

十代になっているかどうかくらいの小さな子供。フードを被っているが、恐らくは女の子だろう。小さな子供なのに、ずいぶんと礼儀正しい。

「おい、あんた。こんな子供を突き飛ばすことはないだろ？」

俺は若い冒険者を軽く睨みつける。

「わりぃ。そんなに強く押したつもりはなかったんだが……いや、たしかにさっきのはやりすぎだったな。嬢ちゃん、怪我はしてないか？」

「えっと……大丈夫です。ティアの方こそ、しつこくしてすみませんでした」

「いや、気にするな。ただ、やっぱり頼みは聞けねぇ」

「どうしても、ですか？」

「ああ、悪いな。他を当たってくれ」

冒険者はそう言って立ち去っていった。

それを見送っていた女の子が、しょんぼりと肩を落とす。

「……なあ、なにか困ってるのなら、俺が話を聞こうか？」

「えっと……あの、お兄さんは？」

「俺はアベルだ。キミは……ティアって言うのか？」

「え、どうしてティアの名前を知ってるんですか？」

「さっき、自分のことをティアって呼んでただろ？」

「あ、そうでした……えへへ」

照れる姿が可愛らしい。

しっかりしてるように見えたけど、一生懸命に背伸びをしてるんだな。

「それで、困ってるのはどんなこと？」

「あ、そ、そうでした！　ティアの暮らしている集落の側に、最近魔物が彷徨《うろつ》くようになったんです。それで、ティア達じゃどうしようもなくて、ギルドに依頼をしに来たんですが……」

「……断られたのか？」

「はい。その、報酬が支払えないなら無理だって」

「それは……おかしいな」

　通常の依頼であれば、依頼主が報酬を支払うのは当然だ。だけど、領地内にある村や町が魔物に脅《おびや》かされた場合は、領主からの補助金で依頼を出すことになっている。

報酬が支払えないから無理、なんてことにはならないはずだ。

「その集落は、ユーティリア伯爵領の中にあるんだよな？」

「はい。森の中にあります。でも、実は、その……」

　ティアが視線を彷徨《さまよ》わせる。

「焦らなくても大丈夫だ。ちゃんと話を聞くから」

「え？」

「ギルドに依頼を断られたのには、なにか事情があるんだろ？　ちゃんと事情を聞くから、そんな風に慌てなくて良いぞ」

「……はい、ありがとうございます」

「よしよし、良い子だ」

　フードの上から、その頭をわしゃわしゃと撫でつける。

「――そこまでですっ！　ギルド内でそのような真似は許しませんよ！」

　女の子を撫でていた腕を、受付のお姉さんに掴まれた。どうやら、俺達のやりとりを聞きつけて飛んできたらしい。

「そのようなマネって……ギルドは依頼を受けなかったんだろ？」

冒険者ギルドはアイテム換金や、依頼仲介などの手数料で成り立っている。なので、ギルドの建物内でギルドを介さずに依頼するのはマナー違反になる。

けど、今回の依頼はギルドが仲介を拒否した依頼だから、俺が話を聞いても問題はないはずだと訴え掛けたのだが……お姉さんは無情にも首を横に振った。

「そんな詭弁では誤魔化されません。あなたを幼女誘拐未遂で拘束します」

「……え？」

「無償の依頼を、しかもあなたみたいな男性が一人で受けるなんて不自然です！　依頼を受けたフリをして、その幼女を連れ去っていかがわしいことをするつもりでしょう！」

「…………………なるほど」

無償で依頼を受けるお人好しではなく、幼女目当てのロリコンだと思われてたのか。

「さぁ、罪を認めなさい。このロリコン」

「……っていうか、黙って聞いてたら誰がロリコンだ」

「そんなの、あなたに決まってるじゃないですか！」

「ちげぇよ！　俺は純粋にこの子の頼みを聞こうと思っただけだ！」

「ロリコンはみんなそう言うんです！　この変態、死ねば良いのに！　いえ、私がこの手でくびり殺してやります！　死になさい、いますぐ！」

「あんた、ロリコンになにをされたんだよ……？」

「先日、子供の頃から付き合っていた幼馴染みに『すまない。お前が子供じゃなくなって魅力を感じなくなったんだ。別れよう』って言われましたがなにか!?」

「……俺が悪かった」

そりゃロリコンを嫌っても仕方がない。

「まあ……子供を泣かせる奴が許せないっていうのは同意見だが、あんた達は困ってるこの子に手を差し伸べなかっただろ？」

「そ、それは……」

受付嬢が言葉を濁し、様子を見守っていた冒険者達が色めきだつ。

「……言い過ぎたな。別にあんた達を責めるつもりはない。普通の冒険者は日々を生きるのに必死だし、他人のためにただ働きなんて出来るはずないからな」

俺が冒険者になった頃なんて、その日の宿代を稼げるかどうかも怪しかった。困ってる他人のためにただ働きなんてすれば、自分達が路頭に迷いかねない。

だから、薄情者なんて言えない。

「あなた、普通の冒険者には無理だと言いましたね？　自分ならそれが可能だと？」

「俺は別に、日々の暮らしには困ってないからな」

俺は青い金属に縁取られた冒険者タグを取りだした。それを目にした受付嬢が目を見開き、周囲にざわめきが広がっていく。

「金属に縁取られた冒険者タグは遠征隊への参加資格を持つ証。しかも青い金属に縁取られているのは、その中でもトップクラスの証……まさか、あなたは……」

「俺の名前はアベル。こう見えて、Sランクに認定されている」

「ではやはり、シャルロット様と同じパーティーの？」

「ああ、そういやシャルロットの出身地だったな、ここは」

ユーティリア伯爵家のお嬢様なので、わりと有名なんだろう。シャルロットと同じメンバーということで、一気にざわめきが大きくなった。

「……驚きました。遠征パーティーに参加資格のある冒険者ってだけでも珍しいのに、Sランク認定。しかもシャルロット様のお仲間が――ロリコンだったなんて！」

「ロリコンから離れろっ！」

いやまぁたしかに、実力のある冒険者かどうかと、ロリコンかどうかは関係ないかもしれないが、その結論はいくらなんでもあんまりだと思う。

「何度も言うが俺はロリコンじゃない」

「ムキになって否定するところが怪しいです」

「違うから違うって言ってるだけだ」

「……ホントですか？」

「あんたの過去には同情するが、いいかげんにしてくれ。理由は聞いてないけど、ギルドはこの子の依頼を突っぱねたんだろ?」

「ええ。彼女の集落は訳ありで、保護対象に入ってないんです」

「なるほど……」

保護対象に入っていない集落。

つまりは正式に登録されていないくらい小さな集落とか隠れ里とか、そんな感じ。

だから、国からの支援が受けられない。

「ちなみに、魔物が発生してるって聞いたけど、場所と規模は?」

「森の中にある集落の側。規模はDランク程度の魔物が20~30くらいみたいです」

「……なるほど」

いっぱしのパーティーならなんてことのない数。

だけどというか、だからこそというか、ギルドが調査に乗り出すような数じゃないし、手間だけは掛かるから、冒険者による善意の助けも期待できない。

「なら、現時点で彼女の頼みを聞く気があるのは俺くらいだ。それを、あんたの勝手な思い込みで潰すのか?」

受付嬢の顔をまっすぐに見る。

受付嬢は少し考えた末に、ティアの前に膝をついた。

「ティアちゃん、でしたね。あなたの頼みを聞いてくれる可能性があるのはいまのところアベルさんだけです。彼を信じることは出来ますか？」

問われたティアは、俺の顔を見上げた。

「アベルさん、集落のみんなを助けてくれますか？」

「もちろん、俺がみんなを助けてやる」

ティアと俺の視線が交差する。

ほどなく、ティアが受付嬢へと視線を移した。

「ティアはアベルさんを信じます」

「本当ですか？　彼の目当ては、貴方自身かもしれませんよ？　報酬代わりだとか言って、色々と迫ってくるかもしれませんよ？」

おい——と突っ込みたいけど、ひとまず我慢だ、我慢。

「覚悟の上です！　それでみんなを助けてもらえるのなら、ティアはなんだってします！　アベルさんになにをされたってかまいません！」

空気が凍り付いた。

「そ、そぅ、ですか。合意なら……まぁ、その……ほどほどに、ね？」

なんですかね、そのなにか言いたげな目は。

というか、合意ならってなんだよ、合意ならって。俺はそもそもそんなつもりはないし、仮にティアが年頃の美少女だったとしても、修羅場の原因を増やすほど馬鹿じゃない。

それにティアもティアである。信じるとだけ言ってくれれば良いものを……なぜそんな言葉を付け加えたのかと一時間くらい問い詰めたい。

問い詰めたいが――

「さっそく、ティアの集落に向かおう」

俺は逃げ出すことにした。

……もう、絶対このギルドには顔を出さない。

†††

ティアの暮らす集落は、北の大きな森の中にあるらしい。ということで、俺はティアと一緒に森を目指して歩いていた。

「ティア、集落は森のどの辺りなんだ？」

「えっと、えっと……」

ティアがぴょんぴょんと跳ねる。

地面に起伏があるせいで、目線の低いティアには森がちゃんと見えないらしい。それに気付いた俺は、ティアの腰を掴んで抱き上げた。

「――ひゃう。ア、アベルさん？」

「これなら、周囲が見渡せるだろ？」

「……え？　あ、ホントです！　えっとえっと、集落はあっちの方です！」

「ん、分かった。それじゃ、急いで行ってみよう」

俺はティアを下ろさず、逆に頭の上へと持ち上げて肩車をする。

「ふえ？　あ、あの、アベルさん？」

「こっちの方が早いからな。しっかり――摑まってろよ！」

「ひゃあああああっ!?」

ティアの悲鳴を置き去りにして、森を目指して走り出した。


「ア、アベルさん、速い、凄くはやいです！」

速度になれてきたのか、ティアがはしゃぎ始める。

「あんまりしゃべると舌を嚙むぞ～」

「えへへ、分かってます。大丈夫――あいたっ」

お約束過ぎる。こういうところは年相応の子供だな。

「……大丈夫か？」

「いひゃい……へろ、らいじょうぶ、れす」

「まったく大丈夫に聞こえないんだが……」

むしろ、聞いてるだけで痛くなってくる。

「ホントに、らいじょうぶです。あ、それより減速してください。あの獣道です」

「――っと、あそこだな」

俺は減速して、ティアが指差した森の入り口へと向かう。

「よし、ここからは歩いて行こう」

ティアを肩車したまま突入して、高いところで出っ張っている太い枝に――なんてことになったら目も当てられない。俺はよいしょと、ティアを地面に立たせた。

「はいっ。ここまで運んでくれてありがとうございました！」

ティアがぺこりと頭を下げると、サイドツインのお下げが揺れた。肩車で走っているうちに風でめくれたのだろう。ティアの顔を隠していたフードが脱げている。

「その耳は……」

「え？　あ、あぁっ！」

ティアが慌てて両手で耳を隠す。

「……み、見ましたか？」

「バッチリ見た。ティアはイヌミミ族の女の子だったんだな」

モフモフな耳と尻尾を持つ人種。エルフと同様に森で暮らすことが多く、身体能力が普通の人間よりも高い。

人里に出てくることはわりと珍しい種族だ。

「そっか、それでギルドが依頼を受けてくれなかったのか」

イヌミミ族やエルフ族の集落は治外法権を持っている。逆に言うと、ユーティリア伯爵にイヌミミ族やエルフ族を保護する義務もない。

「えっと……その、隠しててごめんなさい」

ティアは隠すことを諦めたのか両手を離す。そうしてあらわになったイヌミミはなにやらしょんぼりとしている。

イヌミミ族はその内心が耳に出ると聞いたことがあるが……どうやら事実だったらしい。

「別に落ち込む必要はないぞ。俺はまったく気にしてないから」

「……ホント、ですか?」

耳がピクリと起き上がる。

「ホントだ。俺は他種族に思うところはないからな」

彼らを亜人種と呼んで迫害する連中もいるが、それはごく一部だ。

「ホントのホントですか?」

「ああ。見た目が多少違っても、同じ人種には変わらないし……あ、ごめん、やっぱり思うところがあった」

イヌミミがピコピコと元気になるのを目の当たりにし、思わずそんな言葉を発した。

「あう……やっぱり、イヌミミ族を助けるのは嫌、ですか?」

「嫌じゃないよ」

「えっと……?」

じゃあどういうことなの? と、つぶらな瞳と、ピコピコ動く耳が訴え掛けてくる。

「みんなを助けたら、報酬にそのイヌミミを触らせて欲しい」

「ふえぇぇえっ。ティアの、イヌミミを、さ、触りたい……の?」

ティアが慌てふためいて、恥ずかしそうに両耳を隠した。

「ああ、物凄くモフりたい」

村に住んでた頃、世話をしてた狩猟犬がモフモフだった。あのときのモフモフとした触り心地が最高で、いつかペットとして飼おうと思っていたのだ。

いや、別にティアをペットにとか思っているわけではない。ないけど……ティアの毛並みは、あのときのワンコよりもモフモフしている。

ぜひともモフりたい。

「わ、分かりました。アベルさんがちゃんと集落を救ってくれたら、ティアの耳をモ、モフっても、い、いいです……ょ。〜〜〜っ」

「おぉ、ありがとう。すっごくやる気が出た」

よぉし、ティアをモフモフするためにも集落へ急ごう！

そうして森の中を進むこと一日足らず。森の中で一泊して、次の日の昼過ぎになってティアの暮らす集落へ到着した。

「ここがティアの暮らす集落の入り口だよ～」

この一日ですっかり打ち解けたティアが無邪気にクルクルと回る。

既にフード付きのローブは脱ぎ捨てており、冒険者服の姿にクラスチェンジ。モフモフなイヌミミだけでなく、お尻から伸びるモフモフなシッポが揺れている。実に眼福である。

どさくさに紛れて、少しくらいモフっても……

「ひゃうっ！」

ティアがぴょんと跳ねた。いいいいや、俺じゃないよ？　俺はモフってもバレないかなと思っただけで、まだモフってない。俺を犯人扱いするのは冤罪である。

「ティア、どうしたんだ？」

「え、あぁ……そっか。アベルさんは聞こえないんだね。いま、イヌ笛が吹かれたの」

「イヌ笛？」

たしか……人間には聞き取れないような高い音で鳴る笛、だったかな。

……って、それが吹かれた？

「そのイヌ笛、どんなときに吹かれるんだ？」

「あ、そだ！　笛は緊急事態の合図だよ！　この集落に魔物が来たのかも！」

ティアが慌てるけれど、俺は違うだろうなと思った。

タイミング的に考えて……

「お前は何者だ！」

——ほら来た。

ガサガサと周囲の草むらが揺れて、周囲に人の気配が集まってくる。

「え、え？　みんな、どうしたの？」

緊急事態の対象が自分達だったとは思ってもみなかったんだろう。混乱するティアを庇うように、俺は一歩前に出る。

「俺はティアに頼まれ、この集落を助けに来た人間だ。お前達イヌミミ族に危害を加えるつもりはない！　だからどうか話を聞いてくれ！」

「ティア……だと？」

「おい、見ろ。横にいる子供、ティアじゃないか？」

「ホントだ、ティアだぞ！」

周囲の木陰から、ゾロゾロと人が姿を現す。すべてイヌミミ族の男達のようだ。

そんな男の一人が俺の前に立った。

「ティア、無事だったのか！　急にいなくなったと聞いて心配してたんだぞ！」

「ギムおじさん、こんにちは！　ティア、助けを呼んできたんだよ！」

「……どういうことだ？」

ギムと呼ばれたイヌミミ族のおじさんが俺に視線を向ける。

「ティアは街の冒険者ギルドに助けを求めてきたんだ」

「ティアが人の街へ？　本当なのか？」

「うん、本当だよ～」

ティアが無邪気に答えると、ギムは「なんて無茶を……」と顔を覆った。

「事情は分かった。だが、人間に我らを助ける義理はないはずだが？」

「ギルドや領主に、お前達を助ける義務がないのは事実だ。だが、今回ここに来たのは俺個人の気まぐれだ。集落に対して報酬を求めたりもしないから安心してくれ」

「報酬を求めない、だと？」

「まぁ色々あってな」

女神様のお告げ云々は論外だし、モフモフ目当てと言ってロリコンと間違えられたらたまらない。だから誤魔化したんだけど、いぶかるような目で見られてしまった。

「人間は信用できないか？」

「いや、人間と一括《ひとくく》りにするつもりはないが……正直、いきなり無報酬で助けてくれると言われても信じられない。少し話を聞かせてくれないか？」

「なら、ティアを家に送り届けながらで良いか？　心配してると思うんだ」

「分かった。……俺はギム。自警団の隊長をしている」

「俺はアベルだ、よろしくな」

がしっと握手を交わすと、目前にイヌミミが飛び込んでくる。

中年の渋いイヌミミ……ありだな。

それはともかく、ギムに依頼を引き受けた経緯——といっても、俺の気まぐれなのだが、それを話しながら、ティアの家を目指して小道を歩く。

森の中にある小さな集落。

切り開かれた小道の左右には、小さな木造の家がポツポツと建ち並んでいる。ティアがそのうちの一つに駆け寄った。

「ここがティアのお家だよ！　お母さん、ただいまーっ！」

満面の笑みを浮かべて家に飛び込んでいく。

俺がその後に続こうとすると、ギムに引き留められた。

「……なんだ？」

「お前に一つ言っておくことがある」

「うん？　心配しなくても、ティアの家族はもちろん、イヌミミ族に危害を加えるつもりはまったくないぞ？」

「それは無論だが、そっちじゃない。アリア——ティアの母親のことだ」

少し重苦しい口調。

「ティアの母親がどうかしたのか？」

「夫を失って以来、細腕一本でティアを育ててきたんだが……いまは重い病気を患っていてな。ずいぶんと長い間床に伏しているんだ。おそらく……もうあまり長くはない」

「そう、か……分かった。その辺を配慮するよ」

うっかり失言をしないように、その事実を意識に留める。

「頼んだ。……では、俺はお前から聞いた話を仲間と吟味してくる」

「ああ、分かった」

ギムを見送った後、ティアの後を追って家の中に入る。玄関を上がると、リビングのような小さな部屋がある。でもって、その奥にある扉の一つが開いている。

「あ、アベルさん、こっちだよ～」

「分かった、いま行く」

ティアに招かれて部屋に入ると、薬草の匂いが鼻をついた。でもって、質素なベッドに、二十代後半くらいの女性が横たわっている。

この人がティアの母親だろう。

事前に聞かされていなければ、思わず息を呑んでいたかもしれない。それほど、ベッドに横たわるティアの母親は弱々しく見えた。

「あなたがアベルさん、ですね。私はティアの母親で……ごほっ。アリアと言います。このような姿で出迎えることをお許しくださいね」

「こちらこそ、急にお邪魔してすみません」

「いいえ、とんでもない。……娘から色々と聞きました。私達イヌミミ族を助けてくださるそうで……ごほっごほっ。ありがとう、ございます」

咳が深い。軽い風邪とか、ちょっと咳き込んだとかとは明らかに違う咳だ。ギムが言ってた通り、なにか重い病を患ってるみたいだ。

「ティア、お隣のおばさんのところに卵を届けて、ミルクと交換してもらってくれるかしら?」

「うん、分かったーっ!」

ティアはぴょんと跳ねて、元気よく部屋を飛び出していった。

そうして、俺とアリアさんは二人っきりになる。それはおそらく、アリアさんの望んだ結果。一体なにを言われるのだろうと、俺は背筋を正した。

「アベルさんは、どうしてティアの頼みを聞き届けてくださったんですか?」

「ただの気まぐれです」

困ってるティアを見て助けてあげたいと思ったのは本当。だけど、他に用事があったらこんな風に助けたりはしなかった。だから、ただの気まぐれだ。

「そうですか……こほ、ごほっ。では、イヌミミ族だと知ったのは、いつですか？　イヌミミ族だと知って驚きませんでしたか？」

「知ったのはここへ向かう途中です。そのときはびっくりしました。人里にはあまり現れないって聞いてましたから」

「そうですか……」

アリアさんは痛ましい表情で、けれど頬をほんの少し緩めて見せた。いまのやりとりで一体どんな答えを導き出したのか、アリアさんは「アベルさん」と再び口を開き――

「娘にモフモフさせて欲しいと言ったそうですね？」

切り出された言葉に、俺はビクンとなった。

†††

「え、えぇ……まあ。その、報酬を支払えないことを心配されたので、モフモフさせてもらえたらそれで十分だと言いましたけど……問題でしたか？」

娘にモフモフさせて欲しいと言ったそうですね――と問われた俺は動揺していた。だから、やましい気持ちはありません、ロリコンじゃないですよと主張する。

「イヌミミ族がイヌミミやシッポを触らせるのは親しい相手。……ごほっ。家族や恋人……もしくは自らが仕えると決めた主だけ、なのです」

「――なっ!?」

そんな習慣があるなんて聞いてない。っていうか、聞いてたら、いきなりモフモフさせて欲しいなんて言ったりしない。

集落を助ける代わりにモフモフさせろって、完全にアウトじゃないか。

「その反応、やはり知らなかったようですね」

「え、ええ。すみません。まさかそんな習わしがあるとは思ってもみなかったので。そういうことであれば、もちろんモフモフの件は取り下げます」

本当はモフりたい。

けど、俺はモフモフしたいのであって、恋人やご主人様になりたいわけじゃない。だから我慢、我慢だ――と、血涙を呑んで告げる。

「いいえ、取り下げる必要はありません。むしろ、いますぐ娘をモフモフしてください」

「……はい？」

あれ？　おかしいな。いま、娘をモフモフしろって聞こえた気がする。

……気のせい、か？　気のせい……だよな？　うん、気のせいだな。

モフモフするのは家族か恋人かご主人様。そんな三択なのに、初対面の、しかも歳の離れた――

というか、アリアさんのほうが歳が近いかもしれない。

そんな俺に、娘をモフモフしろなんて――

「娘のイヌミミやシッポを思う存分、モフモフ依存症になるくらいモフり倒して、身も心もあなたのモノにするのです」

――言ってた!?

っていうか、依存症になるくらいモフモフってなに？　良いの？　ティアの柔らかそうなイヌミミやシッポを、存分にモフって良いの？　だったらモフモフしちゃうよ？

――って、ダメダメ、落ち着け、俺。

モフモフはしたい。モフモフはしたい。むちゃくちゃしたい！

モフモフはしたいが、それで恋人とか主とかに認定されたら、エリカとシャルロットの件がややこしくなる。それだけは、なんとしても回避しなくてはいけない！

「アリアさん、事情を知ってしまった以上、ティアをモフモフは出来ません」

「あら、どうしてですか？　あの子の毛並みは最高ですよ？」

最高……………………最高かぁ。

……い、いや、それはダメだ。

モフモフはしたいけど、ティアみたいに幼い子を恋人にするなんてありえない。それに、ご主人様になんてなったら、絶対にエリカやシャルロットが誤解する。

だから――

「や、やはり、モフモフは出来、ません――っ」

「理由を聞いてもかまいませんか？」

「それは……子供は親と一緒にいるのが一番の幸せだからです」

修羅場が悪化するからなんて言えなくて、そんな言葉を口にした。

「その親がどんな人間でも、ですか？」

「もちろん例外はあるでしょう。だけど……あなたは娘の心配をする優しい母親だ。だから、ティアはあなたと一緒にいるのが一番だと思います。ティアも、きっとそれを望むでしょう」

というか、望んでくれなきゃ困る。

アベルさんについていくよ！　とか言われたら、俺の心労が増えちゃう。

「アベルさんは、そこまで気付いていたんですね」

「……え？」

なに？　気付いてたって、なにが？

「アベルさんのお察しの通り、私はティアを手放すつもりでいました」

え、お察しの通り？　ティアを手放すつもりだったなんて初耳なんだけど!?

よく分からない。というかまったく分からない。

「すみません、詳しく教えて頂けますか？」

「そう、ですね。たとえあなたがお見通しでも、これは私の口から言うことでした」

「ええっと……そう、ですね」

まったく事情が飲み込めないけど、ひとまず分かったフリをしておこう。

「私は見ての通りの状態で、働くこともままなりません。いまはギム達の好意に救われていますが、いまの集落の状態では、すぐに他人を助ける余裕なんてなくなるでしょう」

「この集落の状況は、そんなに切羽詰まってるんですか？」

「ええ。魔物の異常発生で狩りも農業もままならず、冬のための備蓄を食い潰しているのが現状です。このままでは冬を越すことは出来ないでしょう」

「そう、ですか……」

「だから、私は助けが来ないのを承知で、ティアを人間の街へ逃がしたのです。集落を助けてくれる人はいなくても、運がよければ優しい人間がティアを救ってくれるかもと思ったから」

なるほど、なぁ。

食糧難に陥った人々が取る手段は、領主に泣きつくか食い扶持を減らすかのどちらかしかない。

けど、イヌミミ族は領主の保護下にないから、食い扶持を減らすしか選択はない。

そういうとき、真っ先に切り捨てられるのは労働力のない者達。病気で働けないアリアさんや、まだ幼いティアは真っ先に対象になるだろう。

だから、アリアさんは一縷《いちる》の望みに賭けて、ティアを人間の街へと送り出した。

「だからアベルさん。どうか娘をモフモフしてください。その代わり、どうかあの子を護ってあげてください」

「……残念ですが、それは出来ません」

「なぜ、ですか……？」

「俺がここに来たのは、魔物を退治するためだからです」

「……もちろん、そうして頂ければ多くの人が救われます。でも、いますぐに魔物の不安がなくなったとしても、口減らしの必要はなくなりません。ですから、どうか……お願いします」

アリアさんが必死に訴え掛けてくる。

さっきより苦しそうな表情なのに、いまは咳一つしていない。娘を託すために、苦しいのを我慢しているのだろう。

だけど、やっぱりティアは連れて行けない。

エリカとシャルロットの件だけでも心労で死にかねないのに、そこにティアを加えたら、俺はきっと心労で死んじゃう。

だから――

「やはり、ティアはモフれません」

「あぁ、そんな……」

アリアさんの顔に絶望が浮かぶ――寸前、俺は続きの言葉を口にする。

「だけど、ティアは救います」

「……え？」

「それにあなたも。そして集落も。すべて、俺が救ってみせます」

この集落の人口は、パッと見た感じで百人くらい。そんなモフモフ天国が危機に陥っているのに、黙って見ているなんて出来るはずがない。

それに、冒険者ギルドに行くように女神様が言ったのはきっと、これが理由だ。

「私達を救う、ですか？」

「ええ、貴方達イヌミミ族を、俺が救います」

じゃないと、ティアが俺に付いてきて修羅場になるから。

「あなたはどうして、イヌミミ族のためにそんなにも頑張ってくださるんですか？」

「別にイヌミミ族のためじゃありません、自分のためです」

「あなたは……優しいんですね」

自分のためだって言ってるのに、なんで優しいと言われたんだろうか？　よく分からないけど、みんなを助けないと、ティアがあらたな修羅場の火種になっちゃう。

だから――と、俺はアイテムボックスのスキルを使用して、異空間の収納スペースから、一本の紅いポーションを取り出す。

「アリアさん、このポーションを飲んでください」

「……ポーション、ですか？　ポーションというのは、その……高価なのでは？」

「余り物ですから。どうぞ、身体が楽になりますよ」

俺は有無を言わさぬ口調で捲《まく》し立て、瓶の蓋を開けてアリアさんの手に押しつけた。

「えっと……あの？」

「遠慮なくググッとどうぞ」

「はぁ……では、お言葉に甘えて……」

アリアさんがコクコクと喉を鳴らしてポーションを飲み下していく。そうして飲み終わるのを確認してポーションの瓶を回収。

効果が出るのを待ちつつ雑談をしていると、隣の家からティアが戻ってきた。

「お母さん、ミルクをもらってきたよ！」

「あら、お帰りなさい。良い子ね」

ベッドサイドに駆け寄る。そんなティアの頭を、アリアがよしよしと撫でつける。

実に微笑ましい光景である。

やっぱり、子供は愛してくれる親といるのが一番だと思う。

「あ、アベルさん。ギムおじさん戻ってきて、アベルさんに話があるって！」

「結論が出たのかな。ありがとう、行ってみるよ」

俺はアリアさんに会釈して家の外に。そこには、決意を秘めた男達が集結していた。

「……結論は出たようだな」

「ああ。本音を言えば、初めて会ったばかりのあんたを信じて良いのか分からない」

否定的な言葉だが、俺をまっすぐに射貫く瞳に拒絶の色は宿っていない。

俺は無言で続きを促した。

「だが、このままではこの集落は間違いなく滅びる。だから、アベル、あんたに託したい。どうか頼む、この村の周辺に現れた魔物を退治してくれ」

イヌミミ族の男達が一斉に頭を下げる。

「分かった。それじゃ、さっそく――」

「ああ、任せてくれ。いまから俺達は、あんたの言う通りに動く」

「……おや？」

さっそく、サクッと魔物を退治してくると言うつもりだったのだが……言う通りに動く？

「言う通りって……なにをするつもりだ？」

「もちろん、あんたの指示に従って魔物と戦うつもりだ。Dランク相当の魔物が相手だから、一対一ではかなわないが……それでも、みんなで掛かれば援護くらいは出来るはずだ」

「なる、ほど？」

Dランクの魔物は、初心者を卒業した冒険者が最初にぶつかる壁くらい。村の自警団がそいつらと渡り合えるというのは物凄いことだ。

物凄いことだけど……どうしよう。

Dランクの魔物の掃討くらい余裕だし、むしろ足手まといだから邪魔とか……い、言えない。

「えっと……その。じゃあ……一緒に戦おう、か？」

「「おう、任せてくれ！」」

ギム達自警団の男達が一斉に応える。

「ティアも一緒に行くよ！」

家の中からティアが飛び出してきた。

「なにを言うんだ、ティア。危険だから家で待っていろ」

ギムがたしなめるが……そのセリフ、あんた達にも言いたい。

「アベルさん、ティアを連れていって。ティア、凄く鼻が良いから役に立つよ！」

「……鼻？」

「うん。人や魔物の匂いをどこまでだってたどれるの。森から一人で街まで行ったのも、帰りに魔物と出くわさなかったのも、魔物の匂いを避けたからなんだよっ！」

「おぉ……そうだったのか」

凄いけど、そんなちまちまと探すつもりも――ええい、もう良いや。

「そういうことなら、ティアも連れて行く」

「しかし――っ」

ギムが難色を示すが、俺は首を横に振ってそれを遮った。

「ティアは役に立つ。魔物は俺が倒すから、あんた達はティアを守ってやってくれ」

ティアを守らせればギム達も無茶は出来ない——という意味で、ティアは凄く役に立つ。

ということで、俺は彼らを引き連れて森へと向かった。


「ティア、匂いをたどれるって言ったけど、魔物が多そうな方向は分かるか?」

「うん、分かるよ!」

「よし。なら、魔物がたくさんいる方に案内してくれ」

ティアの指示に従って、俺はずんずんと森の中を進んでいく。ほどなく、草むらからブラックガルムが飛び出してきた。

「出たっ、ブラックガルムが二体だ!」

「ちぃ! まさか、初っぱなからDランクの魔物が二体かよ!」

「ブラックガルムは動きが速いから気を付けろ!」

「常に隣の奴を意識して戦え! いまこそ、我々イヌミミ族の底力を見せるときだ!」

ギム達が声を上げ、みんなが一斉に武器を構える。俺はそれを横目に地を這うように飛び出して腰の剣を抜刀、二体のブラックガルムを斬り伏せた。

「な、なななっな!?」

……いや、ごめんって。

たしかに自警団にとっては脅威だろうし、その辺の冒険者じゃソロで戦うのは厳しい。

でも、俺はこう見えても遠征隊への参加資格を持つ冒険者だし、いくらなんでもDランクの魔物に手こずったりしない。

回復職のエリカでも、杖を使って撲殺できると思う。

「俺達が命懸けで戦っていた魔物を瞬殺、だと……？」

「お、俺達のいままでの苦労は一体……」

「い、いや、さっきのはブラックガルムじゃなくて、ブラウンガルムだったんじゃないか？」

「あ、あぁ、そうかも。それならEランクだしな」

「いや、どう見ても黒かったぞ？」

「じゃあ、真っ黒に汚れたブラウンガルムだ」

「だが、ブラウンガルムだったとしても、あんな風に倒せるなんて……」

「……言うな。それ以上考えるべきではない」

なんか、初っぱなから味方の被害が甚大だ。

少しくらい、手こずってみせるべきだったかもしんない。

†††

同行していた自警団が衝撃を受けている。

自分達が苦労した敵を、俺があっさりと瞬殺してしまったからで……少しくらい苦戦してみせるべきだったかもしれない。

いや、いまからでも遅くはない。ここでがくりと膝をついて『はぁはぁ。俺の、奥の手が、なんとか決まったようだな……っ』とか。

……ダメだな。

魔物はまだたくさんいるはずだし、いちいち手こずったフリなんてしてられない。イヌミミ族のプライドは心配だが、ここは一気に殲滅《せんめつ》してしまおう。

「ティア、この辺りに魔物が多そう、なんだよな？」

「うん、周囲に色んな魔物の匂いがするよ」

「そかそか。じゃあ……おびき寄せよう」

俺は周囲に漂う魔力素子《マナ》を魔力に変換し、土の魔術を使ってたき火を作るスペースを作る。

「なっ、いまのは魔術か？」

「まさか、詠唱がなかったぞ!?」

イヌミミ族の驚く声を聞きながら、周囲に落ちている枯れ枝を集めてたき火を始める。そこにアイテムボックスから取り出したとある木の実をくべる。

そうして、その煙が周囲に散るように、風の魔術を使って吹き散らした。

「アベルさん、なにをしてるの？」

「これはミュレの実って言って、燃やすと匂いで魔物を引きつける効果があるんだ」

「え……それって、もしかして？」

「そうだ。ここに森一帯に巣くってる魔物を集める」

「「「──なぁっ!?」」」

イヌミミ族が一斉に驚きの声を上げた。

「ア、アベルさん。魔物、たくさんいるよ？」

「片っ端から倒してくから心配するな」

不安げなティアの頭を優しく撫でつける。なお、その流れで耳を撫でたい衝動に駆られるが、そっちは家族や恋人、主様だけらしいので我慢だ。

「……分かった。ティアはアベルさんを信じるよ。でもでも、もしものときはティアをおとりにして逃げて良いからね」

「こらこら、俺がそんな鬼畜なことをするかよ」

ティアが子供だからってのもあるが、俺は絶対に仲間を見捨てたりはしない。

もし俺が仲間を置いて逃げることがあるとしたらそれは、その方が仲間を助けられる可能性が高いと思ったときだろう。

と、まぁ、そんなことを考えているうちに、周囲から茂みを掻き分ける音が聞こえてきた。

「来た！　六時の方向にブラウンガルムの群れが――」

俺は風の初級魔術を複数放って群れを殲滅した。

「さ、三時の方向にオークが現れ――」

一気に距離を詰めて斬り伏せた。

「八時の方向に――」

ゴブリンが群れて来たので魔術で纏めて叩き潰す。ついでに、上空から迫っていたキラービー、でっかいハチを炎の魔術で撃ち落とす。

さらに、四方八方から現れる有象無象を片っ端から殲滅していく。

「三時の方向に……ゴブリンが現れてた」

「……隊長、俺達、ここにいる意味ってあるんですかね？」

「言うな、考えるな、無心で報告しろ。でなければ存在意義を見失うぞ」

しかし……本当に数が多い。

この世界は魔力素子《マナ》という、目に見えない力があふれている。その魔力素子《マナ》の濃い場所にダンジョンが発生して魔石が生成され、魔物が産まれると言われている。

だから、ダンジョン以外に魔物が発生することはあまりない。

「十二時の方向に、あらたな魔物の……死体です」

「……隊長？」

「いまは耐えろ。必ず、必ず俺達の出番があるはずだ！」

こんなに多くの魔物が発生するのは異常事態だ。

まさか……大氾濫《スタンピード》の予兆？

……いや、街のダンジョンは冒険者ギルドによって管理されている。だとしたら、冒険者ギルドが管理していない、あらたなダンジョンが発生した……とか？

ここ十数年はあらたなダンジョンが見つかっていないが……可能性はゼロじゃない、か。一区切りついたら、一度調べてもらった方が良さそうだ。

「六時の方向、オーガが現れました！」

「なにっ、Bランクの魔物だぞ!?　……まさか、この辺りに発生した魔物達のボスか！」

「よし、いまこそ俺達自警団の底力を見せるときだっ！」

それにしても、本当に数が多いな。倒しても倒してもきりがない。いっそ遠隔狙撃で片っ端から……あ、でも周囲にある反応はラスト一つみたいだ。

それならと足下に落ちていた石を拾い上げ、オーガめがけて思いっきり投げつけた。

風を切る音を置き去りにして、拳ほどの石がオーガの急所を撃ち抜く。わずかな衝撃波が発生するのと同時に、オーガの身体は倒れ伏した。

……ふう。辺りに他の反応は……ないな。ようやく終わったみたいだ。

「オ、オーガが石つぶてで一撃、だと？」

「た、隊長。お、俺達の存在意義は一体……」

「か、考えるな。考えてはダメだ……っ」

——はっ!?　イヌミミ族達の耳がしょんぼりしている。

考え事をしていたせいで、すっかり配慮を忘れていた。

こうなったら——と、俺はがくりと膝をつく。

「はぁ……はぁっ！　俺の、奥の手が、なんとか決まったよう、だな……っ。みんなが周囲を見張ってくれたおかげで、背後を気にせず戦うことが出来た。……ありがとう」

俺は息も絶え絶えな感じで言い放った。

「た、隊長ぉ。……俺達、役に立ってねぇばかりか、気まで遣われて——うっ」

「言うな、その先は言ってはならんっ！」

「お、俺の存在なんて必要なかったんだ！」

「言うなと言ってるだろうがあああああっ！」

あぁぁぁあ、逆効果だった。イヌミミがますますしょんぼりしちゃった！

「お前達、そんな顔をするなよ。おまえらだって活躍したんだから胸を張れよ」

俺はしょんぼりしたイヌミミを見ていられなくて声を掛けた。

「アベル……そういう慰めは止めてくれ、余計に惨めになる」

「いや、慰めじゃないぞ。今回魔物を倒したのは俺だけど、この集落をいままで守っていたのはお前達じゃないか」

俺の一言に、ギム達ははっと目を見開いた。

「もう一度言うぞ。お前達がいなければ、集落はとっくに滅んでいた。集落を救ったのは他でもないお前達だ。だから、胸を張れ」

あとイヌミミも！

「お、俺達が、この集落を……」

「俺達の頑張りは、無駄じゃなかった……」

「俺達が、この集落を守ったんだ！」

自警団のみんなが活気づく。実にチョロい……いや、微笑ましい光景である。あと、元気に揺れるイヌミミやシッポが眼福である。

その後、魔物のドロップ品をアイテムボックスに放り込み、俺達は集落へと帰還した。

晴れやかな自警団の笑顔も影響したのだろう。周囲の魔物を一掃したという噂は、すぐに集落を駆け抜け、夜にささやかながらも宴会が開かれることになった。

そして――

「え、嘘……どうして？」

家に帰ったティアは、そこで衝撃の光景を目にすることになる。ベッドに伏せって動けなくなっていたはずの母親が、鼻歌交じりに料理を作っているという奇跡の光景を。

「あら、お帰りなさい、ティア。無事で安心したわ」

「う、うん。……じゃなくて、お母さんは大丈夫なの!?」

「ええ、アベルさんにもらったポーションが効いたみたいで、すっかり元気になったの。アベルさん、どうもありがとうございます」

頭を下げてきたので、俺は気にするなと肩をすくめて見せた。

「アベルさんがくれたポーション?」

なにそれどういうことと、ティアが詰め寄ってくる。

「病に効くポーションがたまたま手持ちにあったからあげたんだ。効くかどうか確信はなかったんだけど……治ったようで良かったよ」

「治ったって……え、治ったの？　一時的に元気になっただけじゃなくて？」

「効果があったのなら治ったはずだ。体力回復ではなく、病気を治すポーションだからな」

ティアの瞳がまん丸に開かれる。

ほどなく、その翡翠のような瞳から、大粒の涙がポロポロとあふれ始めた。

「あり、がとう。ありがとう、アベルさん。集落を、お母さんを救ってくれて、ありがとう」

「ただの気まぐれだから、気にするな」

俺はティアの頭を撫でつける。

「……ありがとうございます。アベルさんは……いえ、ご主人様はティアの恩人です。だから、ティアのイヌミミやシッポ、好きなだけモフモフしてください」

ティアが俺を見上げて、つぶらな瞳で健気なことを言う。

いますぐモフり倒したいが、ここでモフモフすると修羅場要素が増える。それだけは出来ないと、俺は自分の右腕を必死に引っ込めた。

「ティア、その話は後にしよう。いまは、元気になったお母さんとゆっくり話すと良い。俺は、少し散歩をしてくるから」

「でも……」

「大切なお母さん、なんだろ？」

モフりたい衝動を抑え込んでいる俺はぎこちなく笑って、踵を返して家を出る。

そこで、なぜか家の前をうろうろしているギムと出くわした。

「ギム、ちょうど良かった。少し気になったことがあるんだが……この辺りにダンジョンが発生してるなんてことはないか？」

「ダンジョン？　少なくとも、集落の付近じゃ見たことないが……なぜそんなことを？」

ギムがいぶかるような顔をする。

「魔物がフィールドに発生すること事態は珍しくないが、あんな風に大量発生するのはかなり珍しいんだ。もしかしたら、どこかにダンジョンが発生してるのかもと思ってな」

ダンジョンを放置すると、フィールドにも多く魔物が発生するようになる。そこから更に放置を続けると、やがて大氾濫《スタンピード》となる可能性がある。

最近はダンジョンが管理されているため、フィールドに魔物が発生すること自体少ない。

なのに、今回のように魔物が大量発生するのは、どこかに管理されていない——つまりは新しいダンジョンが発生しているからかもしれないと思ったのだ。

「それは……また魔物が発生するかもしれないということか？」

「かもしれないが、原因はこっちで調べて対処しておくよ」

「だが……俺達イヌミミ族は……」

「分かってる」

治外法権を認められて税を免除されている代わりに、領主が保護をする義務もない。だから普通に魔物が発生しただけなら、冒険者ギルドが支援を行う理由はない。

だけど——

「新しいダンジョンか、既存のダンジョンの管理不足かは不明だが、あれだけ魔物が一度に発生するのは異常だ。もし続けて発生するのなら、確実にギルドの調査案件だ。だから、もしまた魔物が発生したら冒険者ギルドに知らせてくれ。話を通しておく」

「……アベル。なにからなにまですまない」

「気にするな。それより……この家に用事があったんじゃないのか？」

話を変えようと尋ねると、なぜかギムのたくましい顔が赤らんだ。

「いや、その……アリアに、これからのことについて話そうかと思って」

「ははぁん。そういうことか」

アリアさんは未亡人。そしてギムはティアに慕われ、アリアさんの家に出入りしている。そこから導き出されるのは、ギムがアリアさんに好意を寄せている可能性。

「な、なんだよ？」

「……いや、なんでもない。それより、中に入ってみろ。嬉しい知らせがあるから」

「嬉しい知らせ、だと？」

「ああ。その後は、あんた次第だ。……頑張れよ」

エールを送って、ギムが家の中に入っていくのを見送る。そうして、中から喜びの声が溢れてくるのを聞きながらその場から退散した。

俺がここに来たときはみんなピリピリしてたけど、いまはそんな雰囲気もなくなった。みんなは希望に満ちた顔で、宴の準備にいそしんでいる。

おかげで俺は誰に咎《とが》められることもなく、集落を見て回ることが出来た。そうして行き着いた獣よけの柵に身をあずけ、ぼんやりと空を見上げる。

イヌミミ族の楽園を救った。

その報酬代わりに、片っ端からイヌミミ族をモフり倒したいところだけど……妙な習慣のせいでモフることが出来ない。

あぁ……ティアのフワフワ毛並みをモフりたい。モフりたいけど……ご主人様になってエリカやシャルロットにバレたら大変なことになる。

悔しいけど、諦めるしかないかなぁ。

……いや、二人にバレないようにモフるとか出来ないかな？　ティアを思いっきりモフモフしてから、お前はこれから家族と幸せになるんだ——と、主人として命令する。

うん。それなら、エリカやシャルロットに知られることなく——

「アベルくん、ようやく追いついた」

いきなり聞こえたシャルロットの声に、俺はびくりと身を震わせた。振り返ると、銀色の髪を風になびかせ、穏やかにたたずむシャルロットの姿があった。

「ど、どど、どうしてここに!?」

「どうしてって……後から追い掛けるって言ったよね？」

「いや、それはもちろん覚えてるけど、どうやってここが……」

「一日に数回、アベルくんのいる方角や距離が分かるって教えたじゃない」

「それも覚えてるけど……」

まさか、こんな森の中にある集落にまで追い掛けてくるとは思わなかった。

「ところで、こんなところに集落があったんだね。もしかしてここで暮らすつもりなの？」

「あぁいや、ここに来たのは別件だ。ここはイヌミミ族の集落なんだけど、魔物が周囲に発生してたんだ。それで、魔物退治を依頼されてな」

「……イヌミミ族？　へぇ、森にあるとは聞いていたけど、ここなのね。それなら、私もイヌミミ族に会ってみたいかも」

「……え？」

「挨拶くらいした方が良いでしょ？」

「ええっと……」

ま、まずい、非常に不味い。

ティアは俺に仕えたがっている。シャルロットの前で、『ティアのことたくさんモフモフして、ご主人様になってください』なんて言われた日には……

あわわっ。修羅場、修羅場になって心労で死んじゃうっ！

「あ、挨拶は必要ないんじゃないか？」

「なに言ってるの、挨拶は基本だよ？」

「いや、たしかにそうなんだけど……あ、そうだ。出来るだけ早く報告したいことがあるんだ。だから、俺と一緒に街に戻ろう」

魔物の異常発生はギルドへの報告案件だが、発生していた魔物は退治済みだし、そこまで急ぐような案件じゃない。なので、はやくこの集落からシャルロットを連れ出すための口実だ。

「報告って、どこに？」

「それは――」

よくよく考えると、ギルドでは今頃、俺のロリコン疑惑が噂されてるはずだ。シャルロットを連れてギルドに行くなんて自殺行為だ。

そうなると……

「シャルロットの実家だな」

使用人か誰かに報告すれば、上手く処理してくれるだろう。

「ア、アベルくんが、私のうちに報告に来るの!?」

「え、うん。そのつもりだけど？」

「分かった。そういうことなら、いますぐ戻ろう！」

「……なんでそんなに乗り気なんだ？」

「なんで……って、そんなの、言わなくても分かるでしょ？」

「ええっと？」

「……アベルくんのイジワル」

イジワルをした覚えはないんだけど、シャルロットは頬を染めて視線を逸らした。よく分からないけど……久々に実家に帰るのが嬉しいけど、恥ずかしくて言えない、とかかな？

「と、とにかく、早く私達のことを報告しに行きましょう！」

「あぁ、いや、ちょっと待ってくれ」

集落を出る前にやることがある。

俺は魔物退治だけじゃなくて、アリアや集落のみんなも救うと約束した。

ティアが口減らしに集落を追われて、俺を追い掛けてくる――なんて可能性を消すためにも、食糧難を解決する必要がある。

だから――と、俺はさっき周辺で退治した魔物のドロップアイテム――魔石や食料、その他を柵の内側に目立つように積み上げた。

これがあれば、集落は安泰。この冬を越すのは余裕だし、ティアも、アリアさんと一緒に幸せに暮らしてくれるだろう。

モフモフは惜しいけど、修羅場を回避するためには仕方ない。ということで、俺は涙を呑んで、シャルロットと共にイヌミミ族の集落を後にした。

◇◇◇

集落を脅かしていた魔物は殲滅された。

その知らせは集落の人々に希望と喜びを与えたが、一部の者達は戸惑いを覚えていた。奇跡を引き起こした立役者、アベルが宴の席に現れず、どこを探しても見つからなかったからだ。

「ギムおじさん、ご主人様……見つかった？」

ティアが捜索から戻ってきたギムに問い掛ける。

「いや……見つからない。どうやら自分の意思で集落を出て行ったようだ」

「え、どうしてそう思うの？」

「彼がアイテムボックスにしまっていたドロップアイテムがすべて、街の外れに積み上げられていた。あれだけの肉や魔石があれば、冬は余裕で越せる。彼の餞別《せんべつ》だろう」

「そんな……」

ティアは衝撃を受けた。

大切な母親を、そして集落のみんなを救ってもらったティアは、アベルに一生仕えるつもりでいた。なのに、そのアベルが自分を置いてどこかへ行ってしまった。

「……どうして」

ティアがその大粒の瞳に涙を浮かべる。

「アベルさんは、あなたのことを大切に想っているのよ」

ショックを受けるティアの頭を、アリアが優しく撫でつけた。

「お母さん、ご主人様がティアを大切に想ってるって、どういうこと？」

「魔物退治に出掛ける前、私とアベルさんが二人で話していたでしょ？　あのとき、アベルさんに、あなたを連れて行って欲しいと頼んだの」

「え、お母さんがそんなことを言ったの？」

予想もしていなくて、ティアは大きく目を見開く。

「私は病気だし、周囲に魔物が発生していて、狩りも畑仕事もままならなかった。このままじゃ、この冬は越せない。そう思ったから……」

だから、あなただけでも生きてもらおうと思った――と、そんな母親の意思をたしかに感じ、ティアの胸に熱い想いが込み上げる。

だが――

「それはつまり、アベルはティアを引き取ることを断ったのか？」

ギムの呟きを耳にして、ティアはハッと我に返る。

「お母さん、そうなの？」

「……ええ、そうよ。彼はティアを連れてはいけないと断った」

「そう、なんだ」

「でもそれは、あなたのことを思っての言葉よ。だって彼はあのとき、子供は親と一緒にいるのが一番だって言っていたもの」

「ご主人様が、そんなことを……？」

「ええ。子供は親と一緒にいるのが一番だから、そのために私の病を治し、食糧難を解決してみせると言ってくれたの。それは全部、全部、あなたのことを大切に想ってのことよ」

「ご主人様が……そんなことを？」

「ええ、そうよ」

「でも、ティアはご主人様に気に入られるようなこと、なにもしてないのに……」

「もっと自信を持ちなさい。あなたの毛並みは最高よ。アベルさんも、凄くモフモフしたそうにしていたわ。それでも、あなたの幸せを願って、あなたを残していったのよ」

「……ご主人様」

一部正解だが、おおむね誤解である。

にもかかわらず、アベルの評価が爆上げされていく。

「ティア。あなたはアベルさんの後を追いなさい」

「……お母さん？」

「あなた本当は、アベルさんに仕えたいって思ってるんでしょ？」

ティアはいつからかアベルのことをご主人様と呼んでいる。イヌミミ族がご主人様と呼ぶのは、生涯を捧げると誓った相手のみ。

ティアの決意は誰から見ても明らかだ。

「でも、ご主人様はティアのこと、必要としてくれるかな？」

「そんなの、考えるまでもないでしょ？　あなたを必要としていない人が、無償で魔物の群れを殲滅して、貴重なポーションで私の病を治して、大量の食料を置いて行くと思う?」

そんなことはありえない――と、三人は同じ結論に至った。

「……でも、ティアがいなくなったら、お母さん一人になっちゃうよ?」

「大丈夫よ。私はもう元気だもの。一人でも生きていけるわ」

「だけど……」

父が死んで以来、ティアはアリアと二人で生きてきた。たった一人の家族。その母の病気が再発したら……と、ティアは不安に思う。

そして、そんな二人のやりとりを見守っていたギムに電撃が走った。

アベルが別れ際に『頑張れよ』と意味深な言葉を残している。あのときのギムには意味が分からなかったが、いまならその意味が分かる。

旅立ちを躊躇《ためら》うティアは、母が一人になることを心配している。

それを解決できるのはギムだけだ。

あいつ、まさかここまで計算してたのか?　まったくかなわねぇなとギムは笑った。そして自分の頬を叩き、勇気を注入する。

「俺が、俺がいる!」

ギムがなけなしの勇気を振り絞って声を上げた。顔が真っ赤になるのを意識しながら、それでもアリアから視線を逸らさない。

「アリア、愛している。俺と一緒になってくれ！」

「ギム。気持ちは嬉しいけど、私は……」

「分かっている。アリアが死んだ俺の兄貴を忘れられないでいることは知ってる。でも、俺はずっと前から、アリアのことを愛しているんだ！」

アリアの死んだ旦那はギムの兄で、ギムやその兄はアリアと幼馴染みだった。ギムは子供の頃からずっと、アリアのことを思い続けていた。

「ギム……本気なの？」

「ああ、もちろんだ。兄貴には悪いと思うけど、俺はお前を愛してる。兄貴が護れなくなった分まで、俺がお前を護る。だから……だから、どうか、俺をお前の側にいさせてくれ！」

「ギム……ありがとう」

アリアがギムの手を取って、一筋の涙をこぼした。

「……アリア、それは受け入れてくれる、ということか？」

「ええ、私の側にいて」

「もちろんだ、アリアっ！」

ギムとアリアが抱き合う。宴会の席でいきなり行われた告白に、周囲の者達が沸き立った。そして、周囲に祝福される二人が、ティアに視線を向ける。

「ティア、アベルさんのもとへ向かいなさい。そして、伝えて。私達にとってアベルさんは恩人です。だから、助けが必要なときは呼んでください、必ず駆けつけます――と」

アリアの言葉に、ギムだけではなくその場にいる皆が力強く頷く。

「うん、分かった。ティアはご主人様のもとへ行って、みんなの言葉を伝えるよ！」

元気よく頷き、旅立ちの準備を始める。

アベルの匂いを思い出しながら、ご主人様は驚いてくれるかな……と、ティアは再会のときを思って期待に胸を躍らせた。

メディア様の日常 1

女神メディアの創造せし亜空間。

空調は完璧で、シャワートイレ付き。マッサージ付きのチェアに、ごろごろするためのベッドが設置されており、ソファの向かいには大型のモニターも設置されている。

そんな素敵空間で、女神メディアは紅茶を片手に下界の様子をモニターしていた。

世界をより良い方向に導くため、なんて大層な理由ではない。ただ、なにか面白そうなことを見つけて、首を突っ込んで引っかき回すためである。

「あら、あたくしは面白可笑しく楽しみながら、お気に入りの子を助けてあげたいだけよ」

ティーカップをテーブルの上に置き、女神メディアはあなたへ視線を向ける。

「初めまして、あたくしはメディア。女神メディアよ。……そう、貴方に言っているのよ。紙書籍か電子書籍でこれを見ている、貴方に言っているの」

妖艶に微笑んで、優雅な手つきでモニターを指差す。

「今日はあたくしが特別に、カイルの行く末を見せてあげるわ。あぁ、もう忘れてるかもしれないけど、カイルっていうのはエリカと一緒にアベルを罵った勇者のことよ。カイルがどうしてあんな行動を取ったのか、その理由の一端を見せてあげる」

女神メディアがパチンと指を鳴らすと、モニターに映像が表示される。

日付はいまより少し前の夜。

『はぁはぁ……この枕、カイル様のニオイが……んっ。カイル様、そんな恥ずかしいこと出来ひんよ。……え？　命令なん？　やぁん、命令なんて言われたら、うちは――』

紅い髪の少女が一人、ベッドの上で枕を抱いて妄想に耽《ふけ》っている。それを確認した瞬間、女神メディアは無言でパチンと指を鳴らし、その映像を消し去った。

「……ごめんなさい。間違って趣味の記録映像《コレクション》を再生しちゃったわ。本当に見せたかったのはこっち。シャルロットがパーティーを抜けたときの記録よ」

女神メディアが再び指を鳴らし、あらたな映像が映し出される。日付はさきほどの映像より数日後。映っているのはカイルの姿だ。

◇◇◇

多くの遠征パーティーが拠点としている街。冒険者ギルドの隣にある酒場には多くの冒険者が集まり、店内は活気に満ちている。

そんな酒場のど真ん中、勇者の称号を持つカイルは上機嫌で酒をあおっていた。

勇者の称号を持ち、思わず息を呑むような美少女を二人も擁するパーティーの一員でありながら、いままでのカイルは脇役その1でしかなかった。

青みがかった銀髪の伯爵令嬢に、金髪ツインテールの聖女様。シャルロットとエリカは明らかにパーティーの他の男、アベルのことを好いている――と思っていたからだ。

だが、エリカがアベルを散々と罵って追放した。

本音を言えば、エリカがアベルを嫌っていたことは予想外だった。カイルにしても、アベルに嫉妬はしていたが、心から嫌っていたわけではない。

だが――カイルはエリカに同調して、アベルのことをパーティーから追放した。そのことに罪悪感がないと言えば嘘になるが、あのときはどうすることも出来なかった。

それに、おかげでカイルがパーティーで唯一の男となったのも事実。これからは俺の時代だ！　とカイルが有頂天になるのも無理はない。

しかし、カイルはただ単に浮かれていたわけじゃない。

エリカはともかく、シャルロットはアベルの味方をしていた。結果的にはパーティーに残ったので問題ないが、いつ脱退するか分からない。

今後も留まってくれるように手を回す必要がある。

だから、カイルはさっそくアベルの代わりとなるメンバーの募集を始めた。

どうせなら、ライバルになる可能性のある男よりも、可愛い女の子が良い。エリカとシャルロットの他にもう一人、美少女三人を侍《はべ》らしたハーレムパーティーが理想。

カイルはメンバー募集に応募してきた者達を外見の好みでふるいに掛け、その中で有望そうな女性と面会するべくこの場に呼び寄せた。

「初めましてやよ、カイル様。うちはプラム言います」

カイルの前に現れたのは、赤い髪を結い上げた、泣きぼくろがチャーミングな女性。胸はほどよい大きさで、濡れた赤い瞳でカイルを見つめている。

カイルの下半身が、この女こそが自分のパーティーに相応しいと判断した。

しかし、ここでがっついてはいけないとカイルは自分を戒める。

あくまで、遠征隊の中でもトップクラスの自分のパーティーに、少し未熟な冒険者をお情けで仲間に入れてやる。でもって、手取り足取り、自分の都合がいいように教え込む。

そういう計画である。

「プラムか、良い名前だ。キミの経歴を見せてもらった。優秀なアーチャーのようだが、俺達のパーティーに入るには、少し、ほんの少しだけ能力が足りていないと思っている」

「そんな……なんとか、ならへんの？　うち、カイル様のパーティーに入れてもらうためなら、なんだってする覚悟は出来てるんよ？」

「……なんでも、だと？」

カイルはゴクリと生唾を呑み込む。

「うち、勇者の称号を持つカイル様に憧れて、それ以来ずっとカイル様のことを追い続けているんよ。せやから、今回メンバーを募集するって聞いて真っ先に応募したんよ」

「あぁ……そういえば、一人だけやたらと早いのがいたな。あれはお前だったのか」

カイルがメンバー募集の紙をギルドに手渡した瞬間に応募があった。

あれがプラムだったのか——と暢気《のんき》に考える。鼻の下を伸ばしているカイルは、その応募があまりにも早すぎたことには気付かない。

「必ず、カイル様のお役に立って見せるよ。せやから、どうか、うちをカイル様のパーティーに入れてくれへんかな？　このとおりや」

プラムが訴え掛けるように、手のひらを胸に押し当てる。その細くしなやかな指が、豊かな胸に沈み込み、その形をひしゃげさせる。

「そう、だな……」

カイルの視線は胸に釘付けで、もはや拒絶するという考えはないのだが、少しでも自分に有利に事を運ぼうと考えを巡らす。

「ち、ちなみに、なんでもというのは……具体的には……ど、どんなことだ？」

「え？　そうやね。買い出しとか偵察とか、そういう仕事はうちが引き受けるつもりやよ」

「……し、仕事？」

思っていたなんでもと違う！　と、カイルは心の中で叫んだ。

そんな反応を見たプラムが不思議そうに小首をかしげ、不意にぽっと頰を赤らめて、自分の胸を隠すように腕を組んだ。

「も、もしかしてカイル様は、うちに、そういうことを期待して、るん？」

「い、いや、まさか、そんなことは考えてないぞ！」

この勇者、意外とヘタレである。

「そうなんや。安心したわ。うち、生娘やから、そういうの、全然わからへんのよ」

「へ、へぇ、そうなんだな。じ、実は俺も童貞だから仲間だな」

プラムの生娘宣言に動揺する。この勇者、ヘタレな上に童貞であった。

「そう、なんやね。でも、うちがカイル様に憧れてるいうのはホントなんよ？　だから、その、カイル様とうちが、もっと親しくなったら……ええよ？」

「え？」

「……せやから、カイル様が望んでくれるんやったら、そういう関係になっても……ええよって。～～～っ。もう、恥ずかしいわ、そんなこと、言わせんといてぇな」

言わせるもなにも、自分から言いだしたのだが……カイルは気付かない。

「よし、プラムを俺達の仲間に採用する！」

「え？　エリカはんやシャルロットはんに相談せんでもええの？　そういう決定権は、二人が持ってるんと違うん？」

この少女、妙に内情に詳しいが、浮かれているカイルは以下略。

「問題ない。新しいメンバーの選出は俺が任されているんだ」

「それじゃ、ほんまに？」

「ああ、プラムは俺達の仲間だ！」

「嬉しいわぁ～。カイル様、これからよろしくやで」

プラムが濡れた瞳でカイルを見つめる。

貴族令嬢のシャルロットに、聖女のエリカ。そこに妖艶なプラムを加えて、カイルはまさにハーレムパーティーのリーダーとなった。

カイルはこのまま幸せなハーレムライフを満喫するつもりだが、残念ながらこの幸せな時間は長く続かない。

「新メンバーが決まったようね」

プラムと酒を飲み交わしていると、その場にシャルロットがやってきた。

「あぁ、ちょうど良かった。新しいメンバーのプラムだ。アーチャーで火力を担当する。同じパーティーメンバー同士、これから仲良くしてやってくれよ」

品のあるシャルロットと、妖艶なプラム。二人が揃うと実に眼福。ゆくゆくはこの二人を自分のモノにとカイルは口の端をつり上げる。

「初めましてプラムさん。私はシャルロットだよ。得意魔術は――」

「攻撃魔術、ですよね。良く知ってますよ。これから仲良くしてくださいね」

「仲良くしたいところだけど、それはちょっと無理、かな」

プラムが硬直する。

まったく予想していなかったため、カイルはその意味を理解できなかった。だから一呼吸置いて
「どういう意味だ?」と問い掛ける。

「別にプラムさんが嫌いって訳じゃないよ。だから、そこは誤解しないでね?」

シャルロットはプラムにフォローを入れて、カイルへと視線を向ける。

「先日、お父様から家に戻るように連絡が来たの。だから残念だけど、私は今日この場でパーティーを抜けさせてもらうつもりなのよ」

シャルロットが淡々とした口調で言い放ち、それじゃあねと立ち去っていく。あまりの素っ気なさに呆気にとられたカイルだが、我に返ってその後を追い掛ける。

「ちょ、ちょっと待ってくれよ!」

「うん?　まだ私になにか用なの?」

「用もなにも、いきなり脱退するなんて、いくらなんでも急すぎるだろ!」

「あら、それを言うなら、アベルくんの追放も急だったでしょ?」

シャルロットが攻撃的な微笑を浮かべる。

「……ちっ、そういうことかよ。親に呼び戻されたってのは嘘だな？」

「さぁ……どうかな。でも、アベルくんを追い出したパーティーに私が留まるなんて甘いこと、さすがに考えてはなかったよね？」

もちろん考えていた――と言うのはプライドが許さない。

「そ、そんなことは考えてない。だが、仲間に迷惑を掛けるような脱退はルール違反だ。それを、伯爵令嬢のお前がするのか？」

なにか理由をつけて引き留めて、そのままなし崩し的にと考える。せっかくのハーレム要員を逃がしてなるものかと、カイルは必死だ。

そんなカイルの手を、追い掛けてきたプラムが握った。

「脱退したいって言うなら、快く送り出してあげるべきやないかな？」

「……なんだと？」

「どんな理由にせよ、シャルロットはんはパーティーの脱退を希望してるやん。理由をつけて引き留めたところで、お互いのためにならへんのとちゃう？」

「お前は知らないだろうが、シャルロットとはもうずっとパーティーを組んでいるんだ！」

下心を隠し、あくまで仲間であることを強調する。

「シャルロットはんがパーティーを抜けたとしても、カイル様のもとにはまだ、エリカはんがおるやん。それに、うちはずっと側におるし……な？」

カイルの考えを見透かしたかのように腕に抱きついてくる。

カイルは二の腕に伝わるプラムの柔らかな胸の感触に鼻の下を伸ばし、たしかにシャルロットにこだわる必要はないと思い始める。

「……分かった。残念だが脱退を許可しよう。シャルロット、いままで同じパーティーで戦えて楽しかったぜ」

「そう、だね。私も、最近まではそう思ってたよ」

「……そうか」

最近というのは、アベルを追放するまではということだろう。やはりあの一件が引き金になったのだと理解するが、いまのカイルにはどうすることも出来ない。

「それじゃ、私はもう行くね」

踵を返すと、青みがかった銀髪がふわりとなびく。

「あ、ま、待ってくれ！」

慌てて呼び掛けると、シャルロットが足を止める。

「シャルロットは……その、アベルを捜しに行くのか？」

シャルロットは答えないが、その背中は続きを促しているように思えた。

「もし、アベルに会うことがあれば、俺が、その……」

伝えるべき言葉は決まっている。だが、エリカがアベルのことを嫌っているので、カイルは思い浮かべた言葉を口にすることが出来なかった。

そして、カイルが口ごもっているうちに、シャルロットは立ち去ってしまった。

シャルロットを失うのは残念だが、こうなったら仕方ない。プラムも仲間にしたことだし、本命のエリカも残っている。もう一人、自分好みの女性を仲間にしよう。

そうして今度こそ、ハーレムパーティーを完成させてみせる！

——と、そんな風に気持ちを切り換えて、隣で微笑むプラムを見下ろす。カイルは自分の向かう先にどんな運命が待ち受けているのか、いまはまだ知らない。

不合格を目指して

イヌミミ族の集落から丸一日と少し掛けて、夕暮れ時に街へと帰還。俺はシャルロットに連れられて、ユーティリア伯爵家のお屋敷に招かれていた。

「お父様、ご無沙汰しております」

上品な家具で纏められた執務室。

ソファに浅く座って周囲を見回すと、壁に飾られた抽象化されたバラのレリーフが目に入る。部屋の外でも何度か見たから、ユーティリア伯爵家の紋章だろう。

「うむ。久しいな、シャルロットよ、よくぞ戻った。アウラやお前の兄が心配しておったぞ」

「あとで顔を見せてきます」

「うむ。それが良いだろう。……して、隣にいる男は誰だ？　なぜここにいる？」

それは俺の方が聞きたい。

俺はイヌミミ族の集落付近で発生している異常事態を、ユーティリア伯爵家の信用できる使用人か誰かに報告しようと思っただけ。

なのに、シャルロットがなぜか『いまならお父様のお時間が取れるみたいなの』とか言って、俺とユーティリア伯爵を引き合わせたのだ。

という訳で、どういうことなんだと、俺はシャルロットに視線を向ける。

「彼の名前はアベル。私の仲間です。そして……いまは家名を持たぬ身なれど、小さき青薔薇を咲き誇らせたお方ですわ」

「……まさか、彼は小さき青薔薇を手折ったのか？」

「いいえ、小さき青薔薇が手折られることを望み、女神の名の下に誓いを立てたのです」

「……ほう、これは驚いた」

……いや、小さき青薔薇ってなんだよ？　ほうってなにに驚いた？

俺は園芸を手がけた記憶なんてないぞ？

「アベルくん。私は率直に言って驚いている。娘にここまで言わせる者が現れるとは思ってもなかったからな。娘に一体なにをしたのか、ぜひ私に教えて欲しい」

なんか評価されてるみたいだけど、なんのことかまったく分からない。シャルロットが最初に仲間とか言ってたから、冒険者としての話……かな？

「シャルロット――お嬢さんとは、最初から相性が良かったんです。だから、俺はなにも特別なことなんてしてませんよ」

攻撃魔術が得意だが守備は紙も同然なシャルロットと、攻守のバランスは良いが決め手に欠けている俺の親和性は非常に高い。

ただそれだけの話だ。

「くくっ。娘とは最初から相性が良い、か。この状況でそのようなことを言い放つとは、なんと豪胆なことよ。さすが、娘が絶賛するだけのことはある、気に入った」

相性が良いって言っただけなのに、気に入ったって……なんだろう？　なんて聞けるはずもなく、俺は「ありがとうございます」と答えておいた。

それより――

「えへへ……相性が良い。アベルくんが私と相性が良いって……」

シャルロットが頬を染めてモジモジとしている。

その姿はいつもの凛としたシャルロットと違って、なんだか甘えた感じ……というか、ほろ酔いみたいになってて可愛いんだけど……一体なにがあった。

「……ふむ。そうか、もうそんな時間か。しかし、周囲に人がいるのにシャルロットがこのような状況になるとは……アベルくん、さすがだな」

どうしよう。さっきから二人の会話にまったくついていけてない。

「よし、今夜は宴だ！」

シャルロットのお父さん、まだ名前を聞いていない――が、ベルを鳴らしてメイドに指示を出す。

そうして、どうしてかは分からないけど、俺は宴に出席することになった。

誰か、お願いだから俺に状況を説明してくれ。

そんなこんなで、俺はシャルロットの両親と食事の席に着いていた。

ユーティリア伯爵家の当主がブライアンで、奥さんがアウラと言うらしい。シャルロットの両親というだけあって気品があり、なおかつ貴族としての威厳を兼ね備えている。

そんな二人と向き合って食事。

しかも、シャルロットは少し準備が遅れているとかいう意味の分からない理由でこの場にいない。俺は孤立無援だ。至急救援を要請する。

俺はただ魔物の異常発生の件を報告しようと思っただけなのに、どうしてこんなことになっているのか……誰か俺に説明して欲しい。

というか、あれだよ。

シャルロットから誓いのキスという契約魔術を受けてしまった。つまり、この夫妻の愛娘は、俺としか結ばれることが出来ない。

傷物にしたわけではないけど、傷物にするより酷いと言われても仕方がない。さすがのシャルロットもぶっちゃけたりはしないと思うけど、一緒に食事をするだけでプレッシャーだ。

……ストレスで死にそう。

「アベルくん、そのワインはどうだ？」

「ええ、口当たりも良くて飲みやすいですね」

「ふっ、そうか。気に入ったのなら、もっと飲むがいい。シャルロットと共にいる者が酒に弱かったら、なにかと大変だからな」

ブライアンさんが合図を送ると、俺の背後に控えていたメイドがグラスにワインを注ぐ。

っていうか、シャルロットと一緒にいる者が酒に弱かったら大変ってなに？　なんかよく分からないけど、酔っ払ったフリをした方が良い気がしてきた。

……なんて、伯爵夫妻を前に酔っ払うなんて、たとえフリでも恐くて出来ないけど。

「ところでアベルさん」

「……はい、なんでしょう？」

アウラさんに視線を向けられ、俺はゴクリとワインを飲み下した。

「娘は無事の便りをよこすだけで、近況はあまり知らせてくれなかったの。だから、冒険に出ていたあいだのことを聞かせてくれないかしら？」

「あぁ……分かりました」

助かった。シャルロットの話をする方が、無言で向き合ってるよりずっとましだ。

「娘とはずっとパーティーを組んでいるのよね？」

「ええ。娘さんがお屋敷を出る前からですね。最初はダンジョンで魔術の訓練をするための護衛として雇われたんですが、結局そのまま仲間になりました」

シャルロットが募集したのは、メンバーに空きがあって、女性だけか、もしくは男女混合のパーティーだったので、エリカと二人でダンジョンに潜っていた俺達が名乗りを上げたのだ。

最初は冒険者の暮らしに戸惑っていたシャルロットだが、困っている人に手を差し伸べる優しい性格をそのままに、冒険者として立派に成長していった。

――と、それらにまつわるエピソードのいくつかを二人に語って聞かせる。

俺の緊張が少しだけほぐれてきた頃、ガチャリと部屋の扉が開いた。そうして姿を見せたのは話題の主、シャルロットだったのだが……さっきまでの魔術使い風の姿とは違う。

シャルロットは青みがかった銀髪を結い上げ、若草色のドレスをその身に纏っていた。

「お待たせいたしました」

シャルロットは優雅にカーテシー挨拶《あいさつ》をしてみせる。いつもの茶目っ気のあるシャルロットとは違う、貴族令嬢としてのシャルロットがそこにいた。

「準備で遅れてるってなんのことかと思ったら、着飾ってたんだな」

「うん。久しぶりだったんだけど……似合ってるかな？」

「ああ、よく似合ってるよ。俺にとってのシャルロットは、冒険者仲間ってイメージが強かったんだけど、やっぱりお嬢様なんだな。ちょっと見惚れた」

感想を口にすると、シャルロットは赤らんだ顔で、にへらと笑った。

……にへら？

「えへへ～。アベルくんに見惚れたなんて言われたら恥ずかしいよぅ。でも……えっと、そんな風に思ってくれたなら、すごく、すっごく嬉しいなぁ」

　まただ。あのお嬢様然としたシャルロットが甘え口調になってる。

「シャルロット？」

「え？　あ、私、また……恥ずかしい」

　シャルロットはパンパンと自分の頬を軽く叩き、優雅な仕草で俺の隣の席に座る。良かった、なんか知らないけど、冷静さを取り戻してくれたみたいだ。

「さて……お母様。お父様から聞いていると思うけど、あらためて紹介いたします。彼はアベルくん。私が将来添い遂げるべく誓いのキスを捧げた相手です」

　はああっ!?

　――と、叫びたい衝動を必死に我慢した俺頑張った。超頑張った！

　っていうか、なに？　なにをいきなり暴露しちゃってるの!?　伯爵家のご令嬢が、死が二人を分かつまで、俺以外と結ばれることが出来なくなったという宣告。

　殺される、俺殺されちゃう！

　に、逃げるか？　……いや、ダメだ。

　なにを思って暴露したのか知らないけど、ここで逃げたらシャルロットまで敵に回す。既に夫妻は敵に回ってるはずだから、せめてシャルロットは味方になるように立ち回ろう。

俺が夫妻に殺され掛けたら、シャルロットも失言に気付いて味方してくれるはずだ。

「アベルさん」

「……はい」

来るぞ、来るぞ……攻撃魔術か、はたまた別の攻撃か。シャルロットの母親であることを考えたら、きっと攻撃魔術だろう。

だが、俺だってSランクの冒険者だ。たとえ屋敷を吹き飛ばすような一撃だったとしても、必ず防いで生き残ってみせる！

俺はアウラさんの挙動に意識を集中しながら、アイテムボックスにしまってある、秘蔵のアーティファクトを取り出す準備をした。

高価な大粒の魔石を代償に、強力な攻撃をも無効化する奥の手の一つ。これなら、アウラさんの攻撃魔術がどんなに強力でも、きっと防げるだろう。

俺はアウラさんの挙動に集中し——いまだ！

アウラさんが唇を動かした瞬間、アーティファクトによる結界を展開する。その直後、アウラさんから放たれた風の刃がシャルロットに襲いかかり——結界の前で消失した。

……………………あれ？　狙われたの、俺じゃなくてシャルロット？　というか、いまの威力じゃドレスだって切り裂けないぞ？　一体なにがどうなって……

「アベルさん」

「は、はい？」

「その結界はもしや、アーティファクトによるもの……ですか？」

「え、あ、そうです」

「やはり、アーティファクト……」

「い、いや、違いますよ」

「違うんですか？」

「いえ、たしかにアーティファクトですけど、いまのは、別に全力で防がないと殺されるとか思ったわけではなくて……えっと、そう！　条件反射、条件反射的なあれです！」

自分が殺されると思って、高価な魔石を潰して全力防御したわけじゃないんです！　と誤魔化しながら結界を解除する。

その瞬間、なぜかブライアンさんとアウラさんが拍手した。

なに、なんなの？　なんで拍手？　分かんない、まったく分かんない！　状況説明してくれなきゃ、そろそろ泣いちゃうぞっ!?

「アベルくん、キミはひとまず合格だ」

「……ご、合格？」

「うむ。試すような真似をしたことをまずは謝罪しよう。だが、シャルロットは我々にとって可愛い娘なのだ。その娘を守る気骨もない者には任せられない」

「……それは、そうでしょうけど」

ヤバイ、ブライアンさんがなにを言ってるのか、本気で意味が分からない。

「すみません。出来れば説明をしてくれますか？」

「ふっ、キミは最初からすべて分かっているのだろう？」

いえ、全然まったくこれっぽっちも分かってません。

……って言っても大丈夫かな？　本気で分かってないから、分かってないって言ったらどんな反応を引き起こすかまるで予想できない。

「えっと、その……そう。分かってはいますが、あなた方の口から聞きたいんです」

「ふむ。そういうことなら説明しよう」

「ええ、ぜひお願いします」

「私達は娘が選んだ相手と添い遂げさせようとは思っているが……最低限、伯爵家の娘に相応しいかは確認する必要がある。だから、アウラは娘に攻撃魔術を放ったのだ。キミが娘を守ろうとするか確認したくてな」

なるほど。俺にシャルロットを護る力があるか試したのか。それは分かったけど……なんで試されたのかが分からない。

だから、続けてくださいと促す。

「結果、キミは高価な魔石を消費するのもいとわずに全力で娘を護った。この先、どんな困難が訪れようと、必ず娘を護り通すというキミの強い意志を見せてもらった」

おぉう、そんな結論に――って違うんです。ただ、自分が殺されると思って、反射的に持ちうる最大の防御手段を使っただけなんです。

……なんて言ったら、今度こそ最大級の攻撃魔術を喰らいそう。

「シャ、シャルロットを護るのは当然ですから」

俺は命惜しさに素知らぬ顔で言い放った。

シャルロットは俺にとって大事な仲間で、憎からず思っている相手だ。ピンチになったら全力で護るというのは嘘じゃない。

だから……許して。

「ち、ちなみに、娘が誓いのキスの契約魔術を使ったと聞いて驚かなかったんですか？」

「私は事前に夫から聞いていましたから」

アウラさんが夫に視線を向ける。

俺も釣られてブライアンさんに視線を向けた。

「私はもちろん驚いたさ。だが、人前で内心を出さないように訓練しているからね。だから私はむしろ、アベルくん、キミの豪胆さにこそ驚いたよ」

なんのことかと疑問に思ったのは一瞬だった。

思い出したのは小さき青薔薇がどうのというやりとり。

ユーティリア伯爵家の紋章はおそらく薔薇。

それもきっと青い薔薇。

そして、シャルロットとは小さな女の子という意味がある。

つまり、小さき青薔薇とはシャルロットのこと。

だから、あのときのやりとりはおそらく、『彼がお前に手を出したのか？』『私が手を出されることを望んで、契約魔術を使ったんです』みたいな感じだろう。

それなのに、俺は冒険者としての話だと思って、娘にここまで気に入られるとはなにをしたという質問に、最初から相性が良かっただけだと答えた。

完全に違う意味だって誤解されてるよ！

そりゃ、ブライアンさんに豪胆だと感心されるはずだよ。剛毅すぎだよ！

あぁ……俺の人生詰んじゃったかも。

……いや、落ち着け。まだだ、まだ大丈夫だ。俺は誓いのキスを一方的に受けたとき、返事は保留させてくれとハッキリ告げた。

ここでその事実を明確にしておけば、エリカの件がバレても殺されないで済むかもしれない。ここで勇気を出して一歩を踏み出しておけば——

「いや、しかし安心したよ」

俺が口を開く寸前、ブライアンさんがぽつりとこぼした。

「……安心、ですか？」

「うむ。アベルくんが、一途にうちの娘を愛してくれていると分かったからな」

「えっと、それは……」

「ふっ、照れることはあるまい」

照れてるんじゃなくて言葉に窮しているんですよ！　なんて、言うべきか？　言うべきだよな。

ここで言わないと、取り返しのつかないことになる気がする！

「実は――」

「娘が誓いのキスを捧げた相手が不純な二股男だったりしたら、どんなことをしてでも契約を破棄させようと思っていたのだが……いや、本当に安心した」

「はうっ!?」

「……どうかしたかね？」

「なんでもありません大丈夫です！　……ちなみに、どんなことをしてもって言うのは？」

「契約を破棄する方法は二つ。人として殺すか、男として殺すかだけだ」

……終わった。俺の人生やっぱり詰んじゃった。

対象としか添い遂げられなくなる契約魔術を、二人の女性が俺に使っている。

どう考えても、いつかバレるに決まってる。

……もう無理だよ。

い、いや、諦めちゃダメだ。女神様が言ってたじゃないか。誓いのキスのダブルブッキングを隠し続ければ、いつか状況が打開する――って、楽しそうに。

……あ、なんか無理かもしれない。

「そ、そういえば、報告したいことがあったんです」

俺はさり気なく話題を変えた。

……いや、ごめん嘘。

わりと無理矢理だったかもしれないけど、他に方法がなかったんだよ。

「報告したいことだと？」

「ええ。実は先日――」

かくかくしかじかと、イヌミミ族の要請を受けて魔物退治をおこなったところ、フィールドに通常ではありえないほど魔物が発生していたことをブライアンさんに打ち明けた。

「Dランクの魔物達に、Bランクのボス、か。それはたしかにおかしいな。うむ、良く知らせてくれた。私からギルドに伝えて調査させよう」

「よろしくお願いします」

やったぜ。話を逸らしつつ、目的の達成に成功した。

「ところでアベルくん。キミは政治に興味があるのかい？」

「もちろん興味あります」

娘さんとの関係以外の会話ならなんでも興味あります。

「私とアベルくんは、田舎町でスローライフをする予定なんだよ」

シャルロットが援護射撃をしてくれた。まだ少し頬が赤いけど、さっきみたいに甘えた口調ではなくなっている。元に戻ったのかな？

「ほう、そうだったのか……それはちょうど良い」

「……ちょうど良い？」

なんだろう？　嫌な予感がするのは、俺の気のせいなんだろうか？

「アベルくんに対する試験が決まった。これに合格できたら——正式に娘との結婚を認めよう」

「——ごふっ」

ダメダメダメ、それだけは絶対にダメ！

結婚なんて認められたら、婚約やらなんやら盛大に発表されるに決まってる。そんなことになったら後に引けないし、確実に契約魔術のダブルブッキングがバレちゃうからーっ。

だから、そんな試験は受けたくないっ！

——なんて、言えるはずもなく。

「その試験、謹んでお受けします」

俺は神妙な顔で言い放った。言い放つしか……なかった。

……泣きそう。

†　†　†

ユーティリア伯爵家の当主から出された試験とは、税を決めるために田舎町へおもむく徴税官に同行し、その手伝いをすること。

田舎町に同行することはなんの問題もないが……この試験に合格すると、俺はシャルロットとの結婚を認められることになる。

認められると、盛大に発表されるだろう。

そうなるとエリカにバレて、エリカからも誓いのキスを受けていることがバレて、俺の人生は間違いなく終わる。

もし俺が後々にシャルロットを選ぶことになれば苦労するけどそれはそれ。いまこの状況で試験を合格するわけにはいかない。

だが、わざと不合格になったのがバレたら、シャルロットを敵に回す。

だから、わざととバレないよう。そしてシャルロットを敵に回さないよう。上手く試験を不合格になるぞと、俺は内心で意気込んでいた。

そうして馬車に揺られること数日、目的の田舎町へと到着した。

俺は周囲を見回して感嘆のため息をつく。遠くに広がる、真っ青で美しい湖。大きな山の裾野にあって、近くには綺麗な川も流れている。

自然に恵まれた、とても豊かな田舎町のようだ。

「なかなか良い感じの田舎町だな」

「アベルくんはこういう風景が好きなんだね」

「のんびり暮らすのは俺の夢だからな」

シャルロットと話しながら、スローライフを送る候補地にこの町を入れようかなとか考えていると、中年のおじさんがやって来た。

「ブルーレイクへようこそいらっしゃいました、徴税官殿とそのご一行。わしはジェフ、ブルーレイクの町長ですじゃ」

町長を名乗った中年のおじさんが俺達に向かって頭を下げる。

「出迎えご苦労。俺が徴税官のクリフだ」

「貴方が徴税官殿？　いつもの方はどうなさったんですかの？」

「今回はちょっとした事情があってな。税の決定方法に変わりはないから安心するがいい」

クリフさんが町長と挨拶を交わし、そのまま徴税の話へとシフトする。

ちなみに、俺はこのクリフさんのことをあまり知らない。ここまでの道中は別々の馬車に乗っていたので、会話をする機会がなかったのだ。

ちなみに、歳は俺より少し上くらい。

金髪碧眼で品がある面持ち。

徴税官という肩書きだが、もしかしたらどこかの名家の出身なのかも知れない。

「アベル、俺はいまから畑の確認にいくが……お前はどうするつもりだ？」

町長との話がまとまったのか、クリフさんが俺に問い掛けてくる。

「もちろん俺も同行するよ」

「そうか、ならばついてこい。町長、さっそくだが案内を頼む」

「はい、こちらでございますじゃ」

町長が先行して歩き始める。

俺達はその後をついて回り、町の周辺にある畑の収穫量を調べていく。

ちなみに、俺の試験は徴税官の手伝いをすることだけ。このまま何事もなく進んでしまったら、普通に試験を達成してしまう。

……このままじゃマズイ。

なにか、なにか失敗する方法を探さないと――と、周囲を見回していた俺は、すれ違う町の住民達が、どことなくピリピリしていることに気がついた。

徴税官と一緒だから警戒されてるのか？

……いや、違う。

彼ら――この町の住人はなにか問題を抱えているのだ。

そうだ、そうに違いない。

本当は徴税官の側にいなくちゃいけないけど、村人が困ってるのなら仕方がない。

「クリフさん、少し良いかな？」

畑を見て回っていたクリフさんに声を掛ける。

「……なんだ、どうかしたか？」

「ああ。少し町の空気が気になってな。調べるために別行動をしたい」

「別行動……だと？　アベル、お前の役目は、俺の手伝いだったはずだが？」

少し咎めるような口調。

まったくもってその通りだと思うが、俺は首を横に振る。

「俺の役目はたしかにあんたの手伝いだ。だが、俺は町の雰囲気が気になる。念のためにシャルロットを残しておくから問題ないだろ？」

な～んて、問題おおありである。

シャルロットを娶《めと》るに相応しいかの試験で、シャルロットに役目を押しつけて別行動。こんなことが伯爵夫妻に知られたら、絶対に失格の烙印《らくいん》を押されるだろう。

だが――

「シャルロット、頼めるか?」

「うん、もちろんだよ」

シャルロットは伯爵令嬢であると同時に、俺の仲間であり理解者でもある。

彼女なら、俺が試験より人助けを優先したとしても分かってくれる。だからこれは、試験を失敗しつつも、シャルロットを怒らせないための布石。

ふふ……完璧、完璧な作戦だ。

という訳で、俺はなにか言いたげなクリフさんを残してその場を後にした。


俺は情報収集をするため、町の酒場を訪れた。

「いらっしゃい、見ない顔ね。旅の人かしら?」

二十代半ばくらいだろうか? 赤髪を後ろで束ねた妖艶なお姉さんが出迎えてくれる。

「実は徴税官に同行してこの町に来たんだ」

「あら、そうだったのね。それで、ご注文は?」

徴税官の関係者と名乗っても、ウェイトレスはとくに反応を返さない。この女性が特別なのか、それとも町の雰囲気が張り詰めているのは別の理由か……

もしかしたら、本当になにか問題があるのかも知れないな。

「エールとなにかおつまみを頼む。それと……良かったら少し話を聞かせてくれないか」

「話って……畑の収穫量について、かしら？」

「いや、徴税とは関係ない、世間話みたいなものだ」

「ふふっ、そうねぇ。いまはお店も空いているし、私にもエールを一杯おごってくれるのなら、そのあいだは付き合ってあげても良いわよぉ？」

「交渉成立だな」

俺はチップ的な意味合いを込めて、少し多めにお金を先払いする。

「ありがとう、素敵なお兄さん。それじゃ、すぐに持ってくるわね」

ウェイトレスは一度厨房に消えて、すぐにおつまみとエールを二杯持って戻ってきた。そして、俺の座る席の隣へと腰掛ける。

「お待たせ。私はマリーよ。素敵なお兄さんの名前は？」

「俺はアベルだ」

「そう。ならアベルさん、素敵な出会いに……乾杯」

「乾杯」

俺は受け取ったエールを一口あおった。

……うん、真っ昼間から飲むエールは格別だな。

「それで、お兄さんはなにを知りたいのかしら？　お姉さんの知ってることなら、な～んでも、教えてあげるわよ。……あ、でも、エッチなことはダメよ？」

「俺はこう見えても紳士なんだ」

きっぱりと断言した。

真っ昼間から酒場で飲んだくれていたと徴税官の耳に入るのは望むところだが、酒場のお姉さんを口説いていたとシャルロットに誤解されるようなことは死んでも言わない。

違った。死にたくないから言わない。

「聞きたいのは、この町のことだよ。なにか、最近変わったことがないか？」

「変わったこと？　それはこの店に良く来るお客さんが二股を掛けてて、この店でばったり、二股がバレて……とか、そういうゴシップかしら？」

「それはそれで気になるけど……っていうか、気になるな。そいつどうなったんだ？」

「二人の女の子に、一つずつ玉を潰されたらしいわよ」

「ひぃ……」

やっぱり二股は殺される運命なんだ、ガクガク。

「あら、もしかしてお兄さんも二股を掛けているのかしら？」

「掛けてない」

「……ホントに？」

「……ホントに」

少なくとも俺の意思では。

「ふふっ、良いわ、そういうことにしておいてあげる」

「……そ、それより、なんとなく町の住人がピリピリしてる気がするんだが、なにかあったんじゃないか？」

「あぁ……その話ね。先日、大きな地揺れがあったんだけど――」

「ちょっと待った。地揺れ？」

「ええ。十日ほど前に、強い地揺れがあったでしょ？」

「俺は知らないけど……移動中で気付かなかったのかもな」

十日ほど前と言えば、俺はユーティリアの街を目指して馬車で移動していた。馬車の揺れで気付かなかったとしても不思議じゃない。

「そっか。まぁとにかく、強い地揺れがあったのよ。でもって、それ以降、山の裾野からときどき、風に乗って異臭が漂ってくるの。それで、みんな不安がってるのよね」

「……異臭？」

なんだろう？　あんまり考えたくないけど、ゾンビでも発生してるのかな？

「そうだ、お兄さんは徴税官様の護衛なのよね？」

「護衛じゃないけど似たようなものかな。冒険者だし」

「冒険者？　だったら、お願い。異臭の原因を突き止めてくれないかしら？」

「……ふむ」

町の住民を脅かす異臭の原因を突き止める……か。どう考えても、徴税官の仕事と関係ない。だがしかし、町の住民の不安を取り除くのは決して悪いことじゃない。つまり、これはシャルロットを怒らせることなく、試験を不合格になるまたとないチャンス。

「もちろん、お兄さんにそんな義理がないことは分かってるわ。でもどうか……」

「その頼み、聞き届けよう」

「……え、良いの？　言っておいてなんだけど、まともなお礼なんて出来ないわよ？」

「大丈夫だ、お礼なんて必要ない」

俺はエールの残りを飲み干して立ち上がる。

「詳しい場所を教えてくれないか？」

問い掛けるが、マリーはぽかんとした顔で反応がない。

「……マリー？」

「えっと……本気、なのよね？」

「もちろん本気だ。いまから異臭のもとを確認してくる」

「そっか、本気で調べてくれるんだ。なら、私が案内するわ」

「え、でも、仕事中だろ？」

「大丈夫、いまは客が少ない時間だし、今日はウェイトレスが余ってるの。それに、町のために頑張ってくれるって人を、場所だけ教えてほっぽり出すなんて出来ないもの」

「そうか、なら案内を頼む」

マリーを伴った俺は、まずはクリフさんのもとを訪れることにした。

別行動をするとは伝えたが、町を出るとは伝えていない。だから異臭の原因を探りにいくまえに、一言声を掛けておこうと思った――というのはもちろん建前だ。

勝手に異臭の原因を探ってから、事後承諾で伝えた方が文句を言われにくいのは分かってる。だけど、だからこそ、前もって連絡することにした。


という訳で、俺はクリフさん達のいる町長の家へと舞い戻る。家の前に、周囲を眺めてぼんやりとしているシャルロットがいた。

「あら、アベルくん、お帰りなさい。もう戻ってきたのね」

「ただいま。ちょっと訳ありでな。クリフさんはあっちか――」

クリフさんと町長の話し声が聞こえる方に行こうとした瞬間、俺はシャルロットに腕を引かれてつんのめった。

「なにをするんだよ、危ない――」

俺はそこまで口にして、残りの言葉を呑み込んだ。俺の袖を摑んだシャルロットが、言いようのない迫力を秘めた笑みを浮かべていたからだ。

「ねぇ……アベルくん。一つ聞いても良いかな?」

「も、もちろん、一つでも二つでも、好きなだけ聞いてくれて良いけど……？」

「ありがとう。なら聞かせてもらうけど、アベルくんは町の雰囲気が気になるからって別行動をしたんだよね？」

「……そ、そうだけど？」

「そうだよね。なら……貴方の後ろにいる、妙な色気のあるお姉さんは誰かしら？」

「ふぁ!?」

ま、まさか、嫉妬？　シャルロットが、嫉妬？

ヤバイ、その反応は予想してなかった。

「……えっと、彼女は、案内役だ」

「案内役って……なんの？」

カクンと小首をかしげるシャルロットに、俺はかくかくしかじかと事情を説明した。

果たして――

「そっか。町の人達はホントに困ってたのね」

シャルロットを取り巻いていた殺気が霧散した。許された、許されたよ俺。

「それで、アベルくんはどうするつもり？」

「俺は……」

その先を言うことは出来なかった。シャルロットがふわりと微笑んで、そのしなやかな指で俺の唇を塞いだからだ。

「良いよ。私はアベルくんのそういうところが好きだから」

唇を塞がれている俺は、軽く頷くに留める。だけど心の中では、俺もシャルロットのそういうところを信頼してると思い浮かべた。

「なんだ、話し声がすると思ったら、もう戻ってきたのか？」

家の中からクリフさんが顔を出した。

「いや、またすぐに出掛けるつもりだ。実は——」

俺は再び、シャルロットにしたのと同じ説明をする。

「……異臭の原因を突き止めるため、山の麓《ふもと》を見に行く、だと？」

「ああ。町を出てすぐの場所だし、ちょっと行ってすぐに帰ってくる」

「ダメに決まっているだろう。俺達の任務は農作物の状況を確認して、次の税を決めることだ。住民の悩みを聞くことではないんだぞ？」

「それは分かってる。だが、みんな、異臭騒ぎで怯えているんだ」

「なら、冒険者ギルドに報告して調査してもらえば良い」

「それじゃ時間が掛かりすぎる。もしそのあいだになにかあったらどうするんだ」

「もう一度言うが、お前のやろうとしていることは明らかに任務外のことだ。言っておくが、お前の試験の合否は、俺の報告に懸かっているんだぞ？」

クリフさんが静かに俺を見る。

それは、ここで従わなければ、俺が不合格になるような報告をすると言いたげな表情だ。

だが、だからこそ、俺は絶対にその忠告には従わない。

「あんたの言うとおり、俺は手伝いとして失格かもしれない。いや、間違いなく失格だ。だが、俺が冒険者になったのは困ってる人達を助けるためだ」

「だから、任務を放り出すと？」

「困ってる人を見捨てて得られる評価なんて、俺はいらない」

大げさに言ってるのは事実だけど、これは俺の本心だ。

もし、シャルロットを悲しませるのなら他の道を探した。けど、シャルロットは俺がお人好しだって知ってる。俺が困ってる人を放っておけない人間だって知ってる。

知ってて、俺のことを好きだって言ってくれる。

シャルロットは俺が困ってる人のために試験を捨てたとしても理解してくれる。俺と同じ気持ちだって言ってくれる。なんの心配もない。

不合格という結果だけを手に入れることが出来る。

だから——

「あえてもう一度言おう。困ってる人を助けて下がる評価なんてどうでも良い。俺は、困ってる人達を——助ける！」

俺は力強く宣言して、報告したければ好きにしろと踵を返した。

†　†　†

「ねぇ……お兄さん、あんな風に啖呵《たんか》を切っちゃって、本当に良かったの？」

山の裾野で発生している異臭の原因を探しに向かう途中、案内役を買ってくれたお色気お姉さん、マリーがもう何度目か分からない疑問を投げ掛けてくる。

「さっきも言ったが問題ない」

「でも、あの人、試験がどうとか言ってたじゃない」

「いいんだ。人助けをして落とされるような試験なら、不合格になってもかまわない。分かってくれる奴だけ分かってくれればいいんだ」

「分かってくれる人？　それって……」

マリーが首を傾げて頬に人差し指を当てる。

そのとき、背後から駆け寄ってくる足音が響いてきた。

「ちょうど答えがやって来た」

「え？　……あ、殺気の人ね」

……うん。なんかちょっと、〝さっき〟のニュアンスが違った気がするけど、殺気を振りまいていたから間違ってはいないな——とか考えているうちに、シャルロットが追いついた。

シャルロットは俺の前に立ち、なにか言いたげに見上げてくる。

「シャルロット、どうしたんだ？」

「え、あ、その……アベルくんが取られないか心配……じゃなくて、私も異臭騒ぎの原因探しを手伝おうかなって」

「ふむ……」

二人ともクリフの側を離れるのはどうかと思ったけど、不合格になるのが目的だからまったく問題はないな。

「分かった、それじゃシャルロットも一緒に行こう。それから……試験の件、ごめんな」

俺が頭を下げると、シャルロットはフルフルと首を横に振った。

「謝る必要なんてないよ。私の知ってるアベルくんは、困ってる人を放っておいたりしない。あなたがあなたらしくしていれば、私はそれでいいよ」

「……ありがとう」

「あら、お礼なんて言わなくて良いよ？」

「いや、シャルロットなら分かってくれるって信じられたから、俺はあんな風に言うことが出来たんだ。だから……ありがとう」

「〜〜っ。そんな風に言われたら、は、恥ずかしいじゃない……」

ほのかに頬を染めて下を向く。シャルロットは本当に可愛いと思う。

シャルロットの想いに応えられるかはまだ決められないけど、試験に不合格になったらシャルロットを連れ出して、当初の予定通りどこかの田舎でのんびり暮らそう。

「なるほど……答え、ね」

マリーがなにやら意味ありげな顔をしているので、野暮なことは言うなよという意味を込めて軽く睨んでおく。


その後、俺達は異臭の原因を探るべく、山の裾野に向かったのだが……

「うわぁ、これは強烈だな」

どこからともなく、卵の腐ったような臭いが漂ってくる。

町からそれほど離れておらず、少しだけ標高が高い。町を見下ろせるような場所でこんな異臭がしていたら、そりゃ町の住人は怯えるだろう。

「アベルくん、近くに毒の沼かなにかがあるのかも」

「そうだな……ちょっと待っててくれ」

こんなとき、エリカがいれば毒を無効化する魔術を使ってくれるんだけどな。

シャルロットは攻撃魔術に特化しているし、俺は初歩的な魔術しか使えない。だから、俺はアイテムボックスから魔導具とポーションを取りだした。

「それは毒を無効化する魔導具かしら？」

シャルロットが興味深そうに魔導具を見る。

「だったら良かったんだけど、周囲の毒を検知するだけだ。だから、これ。毒を消すポーションだから、もしもの時は飲んでくれ」

ポーションを一本ずつ手渡す。でもって、俺は動力となる魔石を塡《は》めて魔導具を起動し、周囲に毒物がないか確認する。

「どう？　毒の霧だった？」

「……いや、検出できない。少なくともこの臭いは、人体に影響はなさそうだ」

この魔導具じゃ微量の毒は検出できないので、風に乗って薄まっている可能性はある。ひとまず、この臭いの出所を探すことにした。

そしてほどなく、エメラルドグリーンの池をみつけた。底から水が湧いていて、あふれた水は小川となって、遠くにある大きな川へと流れ込んでいる。

もし、その水が毒ならとひやりとするが、幸いにして魔導具は毒を検出しない。どうやら、臭いが強いだけで、人体に影響のあるような水ではないらしい。

「ねぇ、アベルくん。あの池……なんかモヤがかかってない？　それに、なんだかこの辺り、妙に空気がジメジメしてる気がするんだけど」

「……たしかにそうだな。毒は問題ないみたいだから、ちょっと近付いてみよう」

念のために魔導具を起動したまま、俺達は慎重に池に近付く。

「これは……湯気か？」

妙にモヤがかかっていると思っていたけど、正体は湯気だった。つまり、ここにある池は水ではなく……お湯だ。火傷するほどじゃないけど、かなり熱い。

「ちょっと、アベルくん、手なんて突っ込んだりして、危ないよ？」

「毒じゃないのは確認済みだし、ひとまず指先だけだから平気だよ」

指先でお湯をかき回しながら、指がピリピリしたりしないか確認する。自然界には身体を溶かすような水もあるそうだけど、このお湯は問題なさそうだ。……臭いけど。

「ああ。このお湯は毒でもないし、身体を溶かすような液体でもない。臭いのは問題だけど、それ以外は特に問題なさそうだ」

「……じゃあ、心配しなくて平気なんだね」

不安そうだったマリーの表情が少し明るくなった。

「このお湯自体は、心配しなくていい。ただ、どうしてこんなお湯が湧き出したのか……先日地揺れがあったとか言ってたよな？」

「うん。結構ぐらぐらと揺れて、みんなびっくりしてたわ」

マリーが揺れを再現するように身体を揺すり、豊かな双丘がたゆんたゆんと揺れている。なかなかに大きいおっぱ……いや、地揺れだったようだ。

だが――

「……シャルロットは、地揺れがあったって知ってるか？」

「ううん、私のところに、地揺れの話は届いてないよ」

「そうか……」

俺だけなら気付かなかったなんて可能性もあるけど、シャルロットは伯爵家の令嬢だ。自分の領地で大きな地揺れがあったのなら、屋敷に戻ったときに聞いてるだろう。

「たぶん、地揺れは起きていない」

「え、でも、町の人はみんな知ってるわよ？」

「分かってる。嘘だとは思ってない。俺が言いたいのは、一般的な地揺れじゃなくて、この町の周辺だけ揺れたんじゃないかってことだ」

「えっと……どういうことかしら？」

マリーがきょとんとした顔をするが、シャルロットは深刻そうな顔をした。

「……アベルくんは、この近くでダンジョンが発生したと思ってるの？　新しいダンジョンなんて、もう何十年も発生してないはずだよ？」

「そうだけど……もとからそんなにポコポコ発生してたわけじゃないからな。新しいダンジョンが発生しなくなったとは限らない。ダンジョンが発生すると地揺れが発生するし、森で魔物が異常発生していた理由にも説明がつくだろ」

大雑把な位置関係として、ユーティリア伯爵直轄の街があって、イヌミミ族の暮らす森。その反対側にこの町が存在している。

位置的に考えても、ありえない話じゃない。

「たしかに、アベルくんの言うとおりね。周囲を探索してみましょう」

予測範囲はかなり広い。

場合によっては、周辺の村で地揺れの確認をして、震源地の特定が必要かもしれない。そんな風に思ったけど、幸いにしてすぐにそれらしき場所が見つかった。

お湯が湧いていた場所から徒歩で十分程度の岩場に、地下へと続く人工的な洞穴がある。その洞穴を少し覗くと、奥にダンジョンではおなじみの祭壇があった。

「……なにかの儀式を行う祭壇、なのかしら？」

おっかなびっくりしつつも、残る方が恐いと言ってついてきたマリーが、祭壇を見て首を傾げている。どうやら、祭壇のことを知らないようだ。

「この祭壇は、ダンジョンの出入り口なんだ」

「扉は見当たらないけど……出入り口なの？」

「ああ。この祭壇を起動するとダンジョンに転移することが出来るんだ」

一度に転移可能な人数は四人で、転移できるのは全員が行ったことのある階層のみ。転移先となる祭壇は各階にいくつか存在して、飛ばされる先はランダムとなっている。

よって、一般的なパーティーの上限は四人となっている。

「マリー、地揺れが起きたのは、十日くらい前だって言ってたよな？」

「それがどうかしたの？」

「ダンジョンで発生する魔物を討伐しないで放置しておくと大氾濫《スタンピード》を引き起こすんだ」

「大氾濫《スタンピード》!? 大変じゃない！　ど、どうしたらいいの？」

あ、祭壇は知らなくても、大氾濫《スタンピード》は知ってたのか。余計な心配をさせてしまった。

「大丈夫だから、落ち着いてくれ。文献によると、ダンジョンが出現して最初の数ヶ月くらいは、放置しても大氾濫《スタンピード》は発生しないはずだ」

「そう、なの？」

「ああ。ダンジョンの発生に魔力素子《マナ》を多く使うから、らしい。ただ、フィールドに魔物が発生する可能性はあるから、ひとまずダンジョンの魔物を片付けた方が良い」

ちなみに、魔物がフィールドに発生するのと大氾濫《スタンピード》にはいくつか違いがある。

まずは、そもそも数が違う。大氾濫《スタンピード》の方が圧倒的に数が多い。

でもって、異常発生の場合は、魔物が発生した付近からほとんど離れないが、大氾濫《スタンピード》の場合は大移動して人里に押し寄せることもある。

だから、危険度が段違いなのだ。

「ねぇアベルくん。イヌミミ族の集落付近に魔物が発生したのも、これが原因かな？」

「あぁ……そうだな。時間軸的に考えて、魔物の発生の方が先だから、ダンジョン出現の予兆だったんじゃないかな」

ユーティリアの街とブルーレイクの町のあいだに森がある。

地理的に考えても、二つの事件の関連性は高い。だとすれば、このダンジョンをしっかり管理すれば、イヌミミ族の集落は安泰だろう。

「魔物を片付けた方が良い……って、それはつまり、冒険者ギルドに依頼を出す必要があると言うこと？　見てのとおり、この町はそんなに裕福じゃないんだけど……」

「このケースなら依頼料は領主が出してくれる。というか、喜んでこの町に新しい冒険者ギルドを作ってくれるよ」

マリーはピンときていないみたいだけど、魔物がドロップする魔石は各家庭の灯りをはじめとした様々な魔導具の動力源となっている。

この町は金脈を掘り当てたようなものだ。

「シャルロット、魔物の掃討ついでに、発生する魔物の傾向や強さも調べてみよう」

「うん。私もそれが良いと思う」

俺はアイテムボックスから剣を取り出し、シャルロットは杖を取り出す。

「マリーはどうする？」

「えっと……どういう選択肢があるのかしら？」

「先に町に戻るか、ここで待ってるか、もしくは……一緒にダンジョンに入るか？」

なんてな、冗談だよ――と俺が続けるより早く、マリーが「なら、ついていっても良いかしら？」と応じた。

「……本気なのか？」

「そのつもりだけど……えっと、もしかして危険だったりするのかしら？」

「危険……？　いや、シャルロットの側を離れなかったら危険はないよ」

「だったらついていきたいわ」

――という訳で、俺達は祭壇を使ってダンジョンの内部へと転移することになった。


「へぇ……このダンジョンはフィールド型なのか」

ダンジョンには様々なタイプがあるが、このダンジョンはフィールド型。超巨大な地下空間で草原が広がっており、空には太陽のようなものまで存在している。

「アベルくん、見て見て、あっちこっちに魔物がいるよ」

「あぁ……たしかに多いな」

ゴブリンやブラウンガルムなどなど、低ランクの魔物があちこちに発生している。数の暴力という意味で、駆け出しの冒険者には厳しい。

まずは、魔物を掃討した方が良さそうだ。

「アベルくん、片っ端から倒していくから、討ち漏らしをお願いしても良いかな？」

「りょーかいだ」

シャルロットがノリノリなので、俺は任せることにした。

「いくよっ！」

シャルロットが杖を構えると、その足下に光り輝く魔法陣が出現。頭上に無数の氷の刃が出現し、その一つ一つが別の敵をめがけて放たれる。

一体、二体、三体と魔物を撃ち抜き、仲間をやられたことに気付いた魔物がこちらに向かってくるが、それらすべての魔物は、シャルロットの攻撃魔術に撃ち抜かれていく。

「うわぁ……魔物が見るも無惨なことになってるわね……」

マリーが感心してるのかドン引きしてるのか良く分からない声で呟く。

倒れた魔物は光の粒子となって砕け散り、その足下に魔石を初めとしたドロップアイテムが落ちる。あっという間に、辺りはドロップアイテムで埋め尽くされた。

「え、なになに？　なんか、光の粒子が私の身体に入ってくるんだけど!?」

降り注ぐ経験値を見て、マリーが慌てふためく。

「なにを驚いて……って、そうか。マリーは経験値を見るのは初めてなのか」

「け、経験値？　よく分からないけど、危険はないの？」

「危険はないよ。ただ……」

通称経験値。魔物を倒したときに発生する光の粒子で、魔力素子《マナ》の結晶とも言われているそれは、たくさん浴びるとレベルが上がって身体能力が伸びる。

それが、マリーにたくさん流れ込んでいる。

高レベルの俺やシャルロットにとっては些細な量だけど……マリーはいくつかレベルが上がるんじゃないかな？

……って思ったけど、身体能力が上がっても困ることはないし別に問題はないな。

「た、ただ、なにかしら？　やっぱり危険があるの？」

「いや、危険はない」

「ほ、ホントに？」

「ホントだ。それより、ドロップアイテムを集めるのを手伝ってくれるか？」

「……ええ、分かった――わひゃっ!?」

一歩を踏み出そうとしたマリーが、物凄い勢いで地面を蹴ってひっくり返った。

「おいおい、急にどうしたんだ？」

「え、なんか、身体のコントロールが……なんか、力が有り余ってるみたい」

「あぁ、レベルアップで急に身体能力が上がったからだな」

「……危険はないって言ったのに」

マリーが恨みがましい目を向けてきたので、俺はそっと視線を逸らした。

その後、急激なレベルアップで身体を持て余していたマリーが七転八倒したりしたが、おおむね問題なく魔物の掃討は完了した。

倒したのは一層の敵だけだけど、魔物の異常発生の心配はしばらく必要ないだろう。

という訳で、クリフ達のもとへと帰還して、かくかくしかじかと説明する。町長はひとまず安心だと喜んでくれたのだが、クリフの表情は険しいままだった。

「ダンジョンがあったとは驚きだな。だが、お前は俺の制止を振り切って、別行動をした。ダンジョンを見つけたからと言って、その事実が変わると思うなよ？」

「もちろん、そんなことは思ってないさ」

むしろ、ダンジョンを見つけた功績でチャラにしてやろうとか言われなくて安心した。なんてことを考えていると、クリフが俺の顔を覗き込んできた。

「強がりではなさそうだな」

やべぇ、少しは神妙にしないと、俺の考えがバレる。

「……まさか、試験なんてどうでも良いと思っているのか？」

「いや、どうでも良いなんて思ってないさ」

むしろ、絶対に不合格になってやると思っている。

「なら、どうしてそのような顔が出来る？」

「俺は自分が間違ったことをしたとは思ってないからだ」

クリフが考えを変えないように、しっかり挑発も忘れない。

「ふっ、そうか。なら、試験がどのような結果になるか……楽しみにしておけ」

クリフはニヤリと笑って立ち去っていく。俺はぜひとも不合格にしてくれ——なんて内心は押し隠し、その後ろ姿を無言で見送った。

◇◇◇

アベルの側を離れたクリフは、さり気なくシャルロットを手招きして場所を移動。家の裏手に回り込んで、シャルロットと向き合う。

「シャルロット、お前に聞きたいことがある」

「なんですか、お兄様」

徴税官とは仮の姿で、その正体はクリフ・ユーティリア。

次期当主にしてシャルロットの実の兄だった。

そんなクリフの問い掛けに、シャルロットは小首をかしげる。

「お前は本当に、俺の正体を彼に教えていないんだろうな？」

「もちろんです。お兄様の正体はもちろん、今回の試験についてはなにも話してません」

「ならば、彼はなぜあのような態度を取れる？　普通は不合格になることを恐れて、あのような態度は取れないはずだ。それとも、この試験の真の意図に気付いているのか？」

「アベルくんなら、当然気付いているでしょうね」

アベルがこの場にいたら、真の意図？　なにそれ、美味しいの？　と言いそうなレベルで誤解だが、あいにくとそれを突っ込む人間はこの場にいない。

「だから指示通り動くのではなく、真に民のことを考えた行動を取ったという訳か」

これが徴税官や護衛としての試験であれば、指示通りに動くことを評価するべきだ。だが、アベルはユーティリア伯爵令嬢の伴侶として相応しいかを試されている。

ゆえに、柔軟な考えと、民を大切にするかが評価のポイントとなる。

そして、今回の目的は徴税の調べではなく、異臭騒ぎの調査こそが目的。

アベルはそれを理解しているから、あのような行動を取ったのだとクリフは思ったのだが、もちろんそんなことはこれっぽっちもない。

――と突っ込む人間はこの場にいない。

「いいえ、それは違います」

――否、シャルロットが否定した。

「アベルくんはもちろん、すべてを見透かしています。でも、だからじゃありません。彼はたとえ気付いていなかったとしても、困ってる人を見捨てたりは出来なかったでしょう」

否定はしたが、更に好意的に誤解しているだけだった。

「もしそうだとしたら、彼は不合格になるとしても、同じ行動を取ったことになる。それでは、お前の気持ちはどうなる。彼はお前を大切にしていないではないか？」

「いいえ。アベルくんは、私なら分かってくれるって、信じてくれているんです」

最後の一つだけは正解だ——と突っ込む人間は以下略。

「ふっ。アベル……か。さすがはシャルロットの選んだ男だな」

本人のあずかり知らぬところで、アベルの評価がうなぎ登りだった。

†††

ブルーレイクでの仕事を終えた俺達は、ユーティリア伯爵家へと戻ってきた。

まずは旅の汚れを落とし、伯爵夫妻の待つ応接間へと向かう。

今頃は徴税官のクリフさんが、俺が勝手な行動をしまくったと報告していることだろう。

だが、その報告はなにひとつ間違ってない。俺は与えられた役目から逸脱した行為をおこなった。

批判されて当然で、試験の結果は間違いなく不合格だろう。

だが、それこそ俺の望んだ結果だ。

試験に合格すると、色々な問題が発生して、俺が心労で死んでしまう。それを回避するためには、絶対に俺が不合格になる必要があった。

不安要素もあったけど、上手く不合格になるように立ち回れた。

不合格を言い渡されたら後は簡単だ。

困っている民を助けたことで不合格にするような人達に、結婚を認めてもらう必要はないとかなんとか、あまり怒らせない程度に並べ立てて、シャルロットと一緒に屋敷から逃げ出す。

これで誓いのキスのダブルブッキングについては隠し通せる。


という訳で、俺は扉をノックして応接間に足を踏み入れる。

伯爵夫妻がソファに座り、その横の席には我が物顔のクリフさんが座っている。なにやらニヤニヤしているのは、俺に不合格を言い渡すのが楽しみで仕方がないからだろう。

ここまで来れば俺ももう隠す必要はない。だから、俺も試験の結果が楽しみだという意味を込めて、ニヤリと笑い返してやった。

それが意外だったのだろう。クリフさんが少し驚いた顔をする。

「アベルくん、任務達成ご苦労だった。試験の結果を伝えるので、そこに座ってくれ」

「はい、分かりました」

ブライアンさんに言われ、俺はシャルロットの隣へと座る。俺が不合格になると分かっているはずだけど、シャルロットはふわりと微笑んでくれた。

やっぱり、シャルロットは俺のよき理解者だ。今回の件では苦労を掛けることになりそうだから、不合格を言い渡されたらなにかお詫びをしよう。

だが、まずは不合格の言葉を聞くのが先だと、ブライアンさんに視線を向ける。

そして――

「アベルくん、キミは文句なしで合格だ！」

俺はテーブルに突っ伏した。

「おっと、急に突っ伏したりしてどうしたのだ？」

「もう、貴方ったら。そんな野暮を聞くものじゃないでしょう」

「そうだぞ、父上。いくら自分の考えに自信を持っていても、シャルロットとの結婚が懸かっていたんだ。合格と聞いて気が抜けるのは当然だろう」

なにやら向かいで勝手なことを言っているが、不合格を確信してたら合格を言い渡されて絶望してるだけである。どうしてこうなった、どうしてこうなった！

……というか、父上、だと？　いま、クリフさんがブライアンさんを父上と呼んだか？　もしかして、二人は親子、なのか？

そう驚いて顔を上げると、クリフさんとバッチリ目が合った。

「アベル、名乗るのが遅くなったな。俺はクリフ・ユーティリアだ。……といっても、お前は最初からすべてお見通しだったようだがな」

「ま、まぁな」

――って、思わず相づち打っちゃったけど、お見通しってなに？　クリフさんの正体を知ってむちゃくちゃ驚いてるんですけど!?

い、いや、いまはそんなことより試験の結果だ。合格は、合格だけはマズイ。なんとか結果にいちゃもんをつけて、不合格にしてもらわないと。

「ク、クリフさん、取り敢えず――」

「おいおい、いつまでさん付けで呼ぶつもりだ？　俺のことはクリフで良い」

「えっと……それじゃ、クリフ。試験の結果について詳しく教えてくれないか？」

「うん？　アベルはもう、全部分かっているんだろう？」

分かってねぇよ。

なんで、そんな誤解が発生してるんですかねぇ！

「えっと……そう、クリフの口から、直接聞かせて欲しいんだ」

「ふっ、そうか。お前は俺が進んで試験官を買って出たことまで気付いていたのか」

「ま、まぁ、最初からもしかしてとは思ってた」

「やはりそうか……」

やはりってなんだよ。言っておくけど、全部出任せだからな？

「ちなみに、なにが原因で気付いたのか、参考までに教えてもらっても良いだろうか？」

無理無理。全部出任せだから。どの辺もなにも、今現在もまだ気付いてないから、そんな質問されても答えられないから。

——なんて、言えるわけないよな。

なんか、むちゃくちゃ期待した目で見られてるし、なにか、なにか言わないと！　違和感、違和感ねぇ……なにか、なにか……あぁ、そうだ！

「シャルロットを見れば、親がどんな人間かはある程度想像がつく。それにユーティリア伯爵領は豊かで、民の信頼も得ている。なのに、娘の恋人に課せた試験を、クリフが演じていたような人間に任せるのは不自然だ」

娘の結婚相手を試すのなら、もっとも信頼できる相手に任せるだろう。伯爵夫妻がもっとも信頼する徴税官が、民を蔑《ないがし》ろにするなんて不自然。

つまり、徴税官は偽物だと予想することが出来た。

「徴税官が偽物なら、誰が徴税官を演じてるのかってことだけど……兄がシャルロットを心配してるって話は聞いてたし、クリフからはただの徴税官とは思えないような気品を感じたからな」

「……なるほどな。まさかそこまで見抜いていたとは、素晴らしい洞察力だ」

うん、まぁ……最初から気付いてたのなら凄いと思うよ。

っていうか、評価上げてどうするんだよ。俺は評価を下げて不合格——は手遅れだから、結婚を認められないようにしなきゃいけないんだよ。

どうしよう？

いまから全部、ただの偶然だとぶっちゃけるのは……ダメだ。そんなことをしたら、俺が意図的に不合格になろうとしていたことがバレてしまう。

「さて、アベルくん。キミと娘の結婚についてだが」

不味い。結婚が正式に認められたら、もはやどこにも逃げようがない。

なんとかしないと、取り返しのつかないことになる――と、内心で慌てふためいていると、シャルロットがクスクスと笑い始めた。

次いでアウラさんが同じように笑い始め、ブライアンさんとクリフは苦笑いを浮かべる。

なんだ、なんで笑ってるんだ？

「ふっ、少しはキミを驚かすことに成功したようだな」

ブライアンさんがしてやったりと言いたげに笑うが、まったく意味が分からない。

「アベルくん、困らせてごめんね。お父様達にはちゃんと、私がアベルくんに一方的に誓いのキスをして、答え待ちだって話してあるから大丈夫だよ」

話を聞いて、余計に意味が分からなくなった。

それが事実なら、シャルロットは俺以外と結ばれることが出来ないのに、俺がシャルロットを選ばない可能性もあると、家族に知られているということ。

なのに、なんでそんな反応が出来るんだ……？

「正直、娘から事情を聞いたときは憤りも感じたが……キミと娘を見て確信したよ」

「か、確信ですか？」

「あぁ、確信だ」

いや、その不吉な確信の内容を教えて欲しいんだけど……

「という訳で、キミと娘にはブルーレイクの町をあげよう」

説明！　なにがという訳なのか、誰か俺に説明して！

「お父様、ブルーレイクの町を私達にくださるというのはどういうことでしょう？」

「お前達の夢は、田舎でのスローライフなんだろう？　その夢の手伝いをしようと思ってな」

違う。それ、スローライフと違う。

町を統治するのはスローライフじゃなくて、内政を頑張るって言うんだぞ……？

「ですが、あの町を試験場に選んだのは、異臭騒ぎの報告があったからでは？」

「最初はたしかにそれが理由だった。だが、ダンジョンが見つかったとなればあの町の重要度は跳ね上がる。二人で統治する価値は十分にあるはずだ」

なっ、異臭騒ぎまで計算に入れた試験だったのか。俺が人助けに走ることまで計算して、合格するように罠を張るとは、なんて恐ろしい策略を立てる夫妻なんだ。

……あれ？　そういう話だったっけ？

なんか混乱してきた。

「ブライアンさん。あの町はあなたの言うとおり、これから発展していきますよね？」

「あぁ、そうだな。あの町には冒険者ギルドが置かれ、どんどん豊かになるだろう」

「そんな場所を、俺達に任せて良いんですか？」

「なんだ、そんなことか。なに、気にすることはない。それに、アベルくん。キミは既に、あの町を統治したいと思っているのだろう？」

俺は沈黙した。

だって、まったく意味が分からなかったから。

「ふっ、隠しても無駄だ。キミが既に発展の布石を打っていることは知っているぞ？」

「な……っ」

「なぜそれを、か？　クリフもなかなか優秀だろう？」

いや、なんのことって、言いたかったんだけど……と、俺はクリフに視線を向けた。

「マリーという娘が冒険者に憧れていることは調査済みだ」

「たしかに、彼女は好奇心旺盛でしたけど……冒険者に憧れているっていうのは初耳です」

「ふっ、惚《とぼ》けるか。たしかにパワーレベリングは褒められた行為ではないからな。だが、いまの状況では有効な手段だった。だから、胸を張れば良い」

「いや、惚けてるわけじゃないですよ？」

「あくまで惚けるのならば、私から言おう。あらたな冒険者ギルドを作るとなると、冒険者として経験のある者を何人か引っ張ってくる必要があるが、そういった人材はなかなか集まらない。かといって、一から冒険者を育てるのは時間が掛かりすぎる」

そう、か。マリーは冒険者としては初心者だけど、レベル的なスペックは高い。冒険者としての経験を、他の人間より遥かに積ませやすい。

彼女に経験を積ませれば、ギルドにとって貴重な人材が迅速に確保できる。

……って、え？　俺がそのためにパワーレベリングをしたと思われてる？

パワーレベリングはただの偶然。

好奇心旺盛なマリーがダンジョンに同行した結果、シャルロットの無双の影響でレベルがポコポコ上がっただけだぞ？

「いや、あれは……」

違うと言う寸前、シャルロットが「そうだったんだね」と安堵するような声を漏らした。

「アベルくんが色気のあるお姉さんを連れ回してるから、もしかして気があるのかなって心配してたんだけど……それが理由だったんだね、安心したよ」

「実は全部計算してたんだ」

危なかった。ここで選択を間違うと、俺が修羅場でデッドエンドの危機だった。

だが、目先の窮地は脱した。

次は――

「うむ、実に頼もしい。キミとシャルロットになら、安心してブルーレイクを任せられる」

「はい、任せてください、お父様！」

次はそれとなく理由をつけて、統治の件を断るつもり……だったんだけど。ダメだ。この状況から断る理由が思いつかない。

という訳で、俺とシャルロットは、ブルーレイクの町を統治することになった。やったね、田舎町でのスローライフに一歩近付いたよ……ははは。


その後、ブライアンさんから統治についての話を聞いたけど、正直あまり覚えてない。俺は外の空気を吸ってくると外出して周囲をぶらついた。

数時間ほど歩き回り、最後にたどり着いたのは街にある高台。

俺は柵に身を預け、ぼんやりと夕焼けを眺めていた。

取り敢えず、シャルロットの想いに応えるかどうかの返事は先延ばしになり、俺とシャルロットは、ブルーレイクを統治することになった。

なぜそんなことになったのか、さっぱり分からない。

けど、冷静に考えてみれば、ブルーレイクは住み心地の良さげな田舎町だ。今後発展していくとしても、穏やかな空気は残せるだろう。

統治するのは想定外だけど、田舎でのスローライフには一歩近付いた。

……そういうことにしておこう。

問題は、誓いのキスのダブルブッキングだ。

当初の予定では、二人と一緒に田舎でのスローライフを満喫しながら、ダブルブッキングをなんとか隠し通して、状況を打開する予定だった。

……いま考えてみると、予定というより都合のいい願望レベルの計画だな。

それはともかく、これからどうするかを考えなくちゃいけない。

シャルロットと俺が二人でブルーレイクを統治していることをエリカに知られたら、どうしてそんなことになったのかと聞かれて話がややこしくなる。

なんとか、エリカと合流する前に、この状況を打開しないと――

「アベル、会いたかったわ！」

「――はうあっ!?」

いきなり金髪ツインテールが飛び込んできた。それがエリカだと理解するより早く、俺の心臓が暴走を始めた。もうヤダ。心臓が心労で死んじゃう。

メディア様の日常 2

女神メディアは紅茶を片手に、優雅な午後のひとときを楽しんでいた。

モニターに表示されているのは、とある赤髪の少女。主が留守中の部屋に忍び込み、そのベッドに寝転がって身悶えている。

「ふぅ……今日も実に素晴らしい映像が撮れたわね。……あら、また来たのね。なら、あれから勇者達がどうなったか、特別に見せてあげるわ」

女神メディアは膨大な記録の中から、該当の映像を選び取る。

「前回の映像から数日後。シャルロットが抜けた穴を埋めて、更に新人を加えたパーティーでダンジョンに潜った後の記録よ。カイルがなぜアベルにあんな言葉をぶつけたのか。その結果どうなっていくのか……どうぞ、存分にご覧あれ」

女神メディアがパチンと指を鳴らすと、正面のモニターに映像が流れ始めた。

◇◇◇

とあるダンジョンの下層にある祭壇の前。カイルが率いるパーティーはボロボロの状態になっていた。あらたに結成した四人での連携が上手くいかなかったからだ。

「おい、エリカ！　どうして回復を飛ばしてくれなかったんだ！」

「え、なにを言ってるの？　いま、治癒魔術を使ってるでしょ？」

「いまじゃなくて、戦闘中の話に決まってるだろ！」

「はぁ？　あなたはなにを馬鹿なことを言ってるの？」

不満をぶちまけるカイルに対して、エリカが冷ややかな視線を返した。その視線を受けて、カイルがブルリとその身を震わせる。

「ば、馬鹿なこと、だと？」

「そうよ。あのね、このパーティーには盾役がいないでしょ？」

アベルの代わりに入れたプラムはアーチャーで、シャルロットの代わりに加入させた女の子は剣士だが、カイル同様に攻撃一辺倒なところがある。

「それなのに、戦闘中に治癒魔術なんて飛ばせるはずないじゃない」

盾役がいなければ、シャルロットやエリカは戦闘中に魔術を使えない。アベルの代わりにプラムを加入させた時点で、シャルロットが脱退したのは当然の結果だった。

「だ、だが、盾役がいないパーティーなんて珍しくないだろ？」

カイルの反論に、エリカは肩をすくめた。

たしかに盾役のいないパーティーは珍しくない。というのも、エリカやシャルロットのような魔術使いは稀少なので、それを護りながら戦うような経験のある冒険者も少ないのだ。

「盾役がいないことに文句を言うつもりはないわ。でも、護ってくれる人がいなければ、戦闘中に治癒魔術を飛ばすのは命懸けなの。だから、軽々しく回復しろなんて言わないでよね」

「うぐ……」

ぐうの音も出ないほどの正論に、カイルがうめき声を上げる。

もっとも、いまのカイルはとある事情により強気なエリカには逆らえない。なので、たとえ正論じゃなかったとしても、同じように呻いていただろう。

それはともかく――

「アベルのことを無能と罵っておいて、そんなことも分かってなかったわけ？　良くそれでアベルのことを無能だなんて言えたわね」

――と、最初にアベルを罵ったエリカが言い放つ。

「そ、そんなこと言われても、俺はエリカに同意しただけで……」

「はあ？　あたしがアベルを罵ったからマネしただけだって言うつもり？　あんなに、楽しそうに罵っておいて？」

――と、同じくらい楽しそうに笑っていたエリカが以下略。

プラムはなにを考えているのか良く分からないが、新人の子は気まずそうな顔で沈黙。気圧されているカイルを前に、エリカは息をついて立ち上がった。

「まあどうでも良いわ。あたし、今日でこのパーティーを抜けるから」

「な――っ!? ちょ、ちょっと待てよ！」

慌てたカイルがエリカの腕を摑んで引き留める。だが、エリカにキッと睨まれたカイルは萎縮してなにも言えなくなってしまう。

「この手はなに？」

「いや、これはその……というか、パーティーを抜けるって、どういうことだよ」

なんとか自分を落ち着かせ、絞り出すような声で問い掛ける。

カイルにはハーレム願望があるが、中でもエリカは特別な存在だ。そのエリカを失いたくないという想いが意識を支配する。

だが――

「どうもこうも、言葉通りの意味。今日この場で、あたしが、パーティーを抜けるってことよ。なにか文句があるのかしら？」

エリカが強気な瞳で問い掛けてくる。

その強気な姿勢に気圧されて、カイルの中で同意しなければいけないという想いがわき上がり、エリカを引き留めようという想いが急速に消えていく。

だが、このままではエリカを失ってしまう。

エリカを失いたくないという想いと、エリカの意思に逆らってはいけないという衝動。二律背反に襲われたカイルは、必死にどうすれば良いかを考え——一つの結論に至った。

「パーティーを、パーティーを抜けるっていうなら、俺も連れて行ってくれ！」

いきなりパーティーを抜けるなんて勝手だと引き留めておきながら、それが無理だと分かったら、自分も一緒に抜けるという。

そんな見苦しい姿に、エリカはもちろん新人までもが侮蔑の表情を浮かべる。

「そんな結論になるなんて、心底呆れたわ。でも、聞くだけは聞いてあげる。どうしてあたしが、貴方を連れて行かなくちゃいけないのかしら？」

「どうしてって……俺達、ずっと仲間だったじゃないか！」

「……そうね。あたしも、貴方のことは仲間だと思ってたわ。つい、最近まではね」

「最近って……まさか」

真っ先に思い出したのは、アベルを追放したときのこと。だが、そもそもアベルを追い出そうと言いだしたのはエリカだ。

それなのに、そのことに対して根に持つのはおかしい。だが、カイルにはその理由に心当たりがあった。すなわち、エリカの言葉が、自身の意思ではなかったという可能性。

「エリカ、聞いてくれ。先日のことだけど——」

「黙りなさい！」

エリカに一喝されて、カイルはなにも話せなくなる。

「パーティーを抜けるなら勝手に抜ければいい。でも、あたしにあなたは必要ないの。だから、ついてこないで」

必要ないと切り捨てられた。その瞬間、カイルはがくりと膝をつく。

無様なカイルを横目に、エリカは新人の二人へと視線を向けた。

「二人には申し訳ないと思ってるけど……仲間を大切にしないカイルとはこれ以上一緒に戦えない。だから、あたしはここでパーティーを抜けるわ」

エリカはそう言い残して、今度こそ立ち去っていった。

カイルは、膝を屈したまま立ち上がれない。

残された者達のあいだに気まずい空気が流れ始め——

「あ、あの！　私、エリカ様がいないなら……いえ、その、お、お試し期間だったし、これでパーティーを抜けますね！」

シャルロットの代わりに加入した女の子がそそくさと立ち去っていく。

自分には新しいメンバーを引き留めるカリスマすら残っていないのだと思い知らされ、カイルは更に落ち込み、俯いたまま動けなくなってしまった。

どれくらいそうしていただろう？　隣から小さな息遣いが聞こえることに気付く。

のろのろと顔を上げると、プラムが側にいた。

「……どうしたんだ？　お前もパーティーを抜けても良いんだぞ？」

「いややわぁ。うちは、パーティーを抜けたりせぇへんよ」

「なんでだよ。このパーティーはもう……」

その続きは口にすることが出来なかった。

頭がぐいっと引かれ、プラムの豊かな胸に抱き寄せられたからだ。

「大丈夫、最初に言ったやろ。うちはずっと、カイル様の側にいるって」

「どうしてそこまで優しくしてくれるんだ。会ったばっかりなのに」

「……そうやね」

プラムは「か、い、カイル様は覚えてへんよね……」と小さな声で続けた。その声は本当に小さくて、プラムの胸に抱かれているカイルの耳にすら届かない。

「うちは、カイル様のことやったらなんでも知ってるよ」

「……俺のことをなんでも？」

もしやという思いが浮かび、まさかという思いが打ち消す。

誰も知るはずのないことを知られているかもしれない。その事実にカイルの鼓動が早鐘のように鳴り始めるが、胸から聞こえるプラムの鼓動も同じように高鳴っていた。

「俺のことを知ってるって……どういうことだ？」

「カイル様のバッドステータスについて」

「――なっ！　ど、どうしてそのことを!?」

驚いて顔を上げようとするが、プラムにしっかり抱き寄せられていて逃れられない。プラムの胸の谷間でもぞもぞする結果になり、豊かな胸の感触をより意識してしまう。

「言ったやろ、うちはカイル様のことやったらなんでも知ってるって。せやから、情けないなんて思わへん。強気な時のエリカはんには、絶対に逆らわれへんかったんやろ？」

「……本当に、俺のバッドステータスを知ってるのか？」

「腰巾着、やろ？」

カイルは息を呑んだ。

その忌まわしき名称こそ、カイルの持つバッドステータスに他ならなかったからだ。

腰巾着というバッドステータスにはいくつかのタイプがあり、カイルの所有するバッドステータスは、対象が異性に限定されるタイプだ。

異性として意識している相手に強く命令されると発動し、対象を従うべき相手だと認識。それ以降は、その人の強気な言動には逆らうことが出来なくなる。

つまり、最近のカイルはエリカを従うべき相手だと認識しており、エリカの強気の発言には同調することが強制されていたのだ。

……だが、腰巾着は解除する手段がある。

それは、従うべきだと認識した相手から、必要ないと切り捨てられること。そうすれば、腰巾着の状態は解除される。

いまのカイルは、従うべき相手を持たない状態だった。

そして、胸に抱き寄せられていることで、カイルはプラムを異性として強く意識している。

――否、プラムによって、強制的に意識させられている。

カイルは、自分がプラムの罠にはまっていることを理解した。だが、この状況ではすべてが手遅れだ。突き飛ばして逃げるより、プラムが一言命令する方が早い。

それに……すべてを失ったカイルは、このまま流されても良いかもしれないと考えた。

そして――

「うちのカイル様。これからは――」

カイルの耳元で、プラムがその想いを囁いた。

安息の地を求めて

「ど、どうしてここにエリカが……？」

夕暮れの高台で、ぼんやりと街を眺めていた。そんな俺の腕に抱きついている金髪ツインテールを呆然と見下ろす。

「どうして……って、アベルを追い掛けて来たに決まって……」

俺の腕にしがみついたまま顔を上げる。エリカの顔が俺の直ぐ目の前に迫った。長いまつげに縁取られた青い瞳の中に、俺の顔が映り込んでいる。

その瞳に吸い込まれるように、二人の距離が——

「か、顔が近いのよ、このばかぁっ！」

飛んできた平手をとっさに受け止めた。

「おいおい、自分から近付いてきてそれはないだろ」

「う、ううう、うるさいわね！　最後はアベルが近付いてきたじゃない！」

「いや、そっちが顔を寄せてきたんだろうが」

「なっ、どうしてあたしがそんなことをしなくちゃいけないのよ！」

小さな手をぎゅっと握り締め、ぷんすかと怒っている。その姿が可愛らしい——と言ったらまた平手が飛んできそうだから自重する。

「もしかして、ツンデレが発動してるのか？」

「そ、そんな訳ないでしょ。べ、別にアベルと会えなくて寂しかったとか、アベルの瞳にあたしの顔が映り込んでドキドキしたとか、そんなこと、全然思ってないんだからーっ！」

「……なるほど」

「なにが、なるほど、よ！　違うわよ！　あたしは、アベルのことなんてなんとも思ってない。むしろ嫌い、大っ嫌いなんだからぁ！　もぅ～、あたしの前から消えなさいよね！」

……なんだか、だんだん言葉が酷くなってきた。

「どうどう」

「あたしを牛扱いするんじゃないわよ！」

「……いや、いまのは馬扱いで」

「もうー、うるさいわねっ！」

……牛になった。というか、余計に興奮させてしまった。

いや、俺は別にふざけているわけじゃない。

エリカの保有するバッドステータスのツンデレは発動時間が日中で、対象は好意を抱いている相手。周囲に他の人が多いときや、対象を強く意識したときにツンが強くなる。

つまり、ここでプレゼントを贈ったり、優しい言葉を掛けると逆効果になるはずだ。

だから、ちょっとからかうようなことを言ってみたんだけど……余計にツンが強くなった気がする。もしかして、エリカはからかわれて喜ぶタイプ？

……いや、普通に怒っただけかも。

とにかく、だ。

このままじゃ会話もままならないし、エリカが落ち着くまで少し待とう。――という訳で、ツンツンしているエリカを横目に、俺は無言で街並みに視線を向けた。

エリカがいきなり暴走したから一瞬忘れてたけど、俺はシャルロットと田舎町のブルーレイクを統治することになってる。

やましいことがなければ、エリカも一緒に統治しようと誘えば済む話だけど……下手なことを言うと、誓いのキスのダブルブッキングがバレちゃう。

いっそ全部ぶっちゃけられたら楽なんだけど、女神様のアドバイスによると、ぶっちゃけると俺が心労で死んで、二人の心に深い傷を残す。

ってことで、なんとかしなくちゃいけないんだけど……うぅん、どうしたものか。

エリカをユーティリア伯爵家の屋敷に連れて行くのは論外だ。だけど、ここにずっと留まってても、シャルロットが俺の場所を察知して、訪ねてくる可能性がある。

まずは移動するべきかな――と考えていると、エリカが俺の服の袖を摑んだ。

どこかしょんぼりとしていて、さっきまでのツンツンした態度が消えている。どうやら、一度ツンデレが発動しても、落ち着けば元に戻るらしい。

「……アベル、ごめんなさい」

「事情は分かってるから気にするな。それよりも場所を変えないか？　ここはもうすぐ真っ暗になるからさ」

――という建前のもと、俺は長く留まっていた高台からの離脱をはかる。

「あぁ……それもそうね」

よし、作戦成功――

「そういえば、アベルはもう宿を取った？」

「え、いや、まだだけど……？」

作戦成功……

「ちょうど良かったわ。それじゃ一緒に宿を取りに行くわよ」

成功してないいいいいいいっ！

むしろ、盛大に墓穴を掘った気がする。

いや、落ち着け。大丈夫だ。まだ慌てる時間じゃない。

宿を取るっていっても、別に同じ部屋を使うわけじゃない。自分の部屋に入ってから、コッソリと屋敷に戻ればなんとかなるはずだ。

——そんな訳で、宿屋のカウンター。

「すまないねぇ。個室は満室で、空いているのは二人部屋のみだよ」

そんな追い打ちまで掛けなくて良いんじゃないかな？

「そ、そういうことなら、別の宿に行くよ」

「うーん、近くにある宿が改装中でね。今日はどこの宿も埋まってると思うよ。うちの部屋が空いてるのも、大きくて部屋が二つある割高な部屋だから、なんだよ」

「な、なるほど……」

なんというタイミングの悪さ。

エリカとは長く冒険をしてるから、似たような状況がなかったわけじゃない。だから、二人部屋に泊まるのくらいは問題ない。

……本来なら。

もし、エリカと二人部屋を使ってるところにシャルロットが訪ねてきたら、誓いのキスのダブルブッキングがバレるよりもヤバイ。

俺の人生がその場で終わるかもしれない。

そもそも同じ部屋だと、こっそりユーティリア伯爵家の屋敷に戻れない。

どうする、どうやってこのピンチを乗り越える？

「それじゃ、二人部屋でお願いします」

「あぁぁぁあぁぁっ!?」

俺が迷っているうちに、エリカが二人部屋を借りてしまった。

「え、急に変な声を出して……どうかしたの？」

「い、いや、その……」

マズイ。ここで下手なことをいうと、逆に不信感を与えてしまう。上手く誤魔化さないと。

えっと……えっと……そう。

「な、なんでもない、ちょっとあくびが出ただけなんだ」

「ああ、あくびだ。あくびだから、決して他意はないから！」

「……あ、あくび？」

「そ、そう？　それなら良いけど……」

「問題ない、さっさと部屋に行こう！」

勢いで押し切って、俺はエリカと一緒に二人部屋へと向かった。

二人部屋には大きなリビング、それに二つの寝室がある。

さすがに割高な部屋というだけあって、ずいぶんと大きな部屋だ。

寝る部屋も別々だし、本来なら焦る必要はないんだけど……いつ、ここにシャルロットが来るか分からなくてむちゃくちゃ恐い。

シャルロットには散歩に出掛けてくると知らせてあるけど、あれからかれこれ数時間。日も落ち始めていて、そろそろ夕食の時間だ。

いまこの瞬間、シャルロットがそろそろ夕食よ？　とかいって迎えに来てもおかしくない。そうじゃなくても、俺が宿にいることに気付いたら、不審に思って見に来るかもしれない。

「……アベル、さっきからなにをそんなにソワソワしてるのよ？」

「え、いや、その……エリカと二人っきりだなって思って」

「んなっ⁉　そ、そんなこと言われたら意識しちゃうじゃない！」

「すまん。いまのは忘れてくれ」

宿の壁なんてそんなに分厚いとは思えない。こんなところで罵られてたら、隣の人に変に思われる。そんな風に焦ったけど、エリカはそれ以上は声を荒らげなかった。

「忘れろって言われても……無理よ。恥ずかしいじゃない……ばかぁ」

というか、ツンデレがマイルドで可愛らしい。

さっきはどんどんツンツンしてたんだけど、なにが違うんだろ？

「な、なによ？」

「いや、ツンデレが発動しなかったのかなと思って」

「……ここは個室で二人っきりだから、ツンデレが弱まってるのよ」

「……あぁ、そういえば、人が多い場所ほどツンが強くなるんだっけ」

「そうよ。それに、もうすぐ日が落ちるし、今日のツンデレはこれで店じまいよ」

「……はは」

というか、普段がツンツンしてる影響か、素直なエリカが可愛く思える……って違う！　それより、この状況をなんとかしないとヤバイ。

でも……ここからいきなり逃げ出しても、エリカが追い掛けてくるだけだよな。なんとかして、エリカをここに残して、俺だけ外出できるように誤魔化さないと。

ええっと……取り敢えず話題。なにか話題を振って突破口を見つけよう。

「エリカはパーティーを抜けてきたんだよな？　カイルはどんな感じだった？」

「わりとへこんでたわ」

「そうなのか。カイルを残した全員がパーティーを抜けた訳だし、ちょっと可哀想だよな」

「そうかもしれないけど、自業自得よ――って、あれ？　カイル以外って、なんでシャルロットが抜けたことを知ってるの？」

し、しまったあああっ！

「えっと、それは……そう！　実はブルーレイクって町でダンジョンを見つけてさ」

「え、ダンジョン？　新しいダンジョン？」

「そうだ。びっくりだろ？　その関係でユーティリア伯爵家に報告に行ったんだけど、そのときに、シャルロットが屋敷に戻ってたんだよ」

俺と一緒に行動していたから、報告したときにシャルロットが戻ってた。

嘘はついてない。

大丈夫、まだ詰んでない。俺なら乗り切れるはずだ、頑張れ！

「シャルロットに？　あぁ……そういえば、シャルロットの実家ってこの街にあったわね」

「そうなんだよ。俺も忘れてたけど、この街にあるんだよ」

だから、この街に俺がいるのは偶然だよと心の声で訴え掛ける。口に出さないのはもちろん、聞かれてもいないのに言い訳したら怪しいと分かっているからである。

「それにしても新しいダンジョンだなんて凄いわね」

「だろ？　あぁ……それで、そのブルーレイクって田舎町で暮らそうかなって思ってるんだけど、エリカは大丈夫か？」

「もちろん、アベルが決めた場所なら、あたしは文句ないわ」

「……良かった」

本当に良かった。ここで別の町が良いとかいわれたら、話がややこしくなるところだった。

この調子で、なんとかこのピンチも乗り切ろう。

「ところで、エリカは夕食まだだよな？」

「ええ、まだよ。でも、今日はお昼が遅かったから、まだあんまり空いてないのよね。だから、先にお風呂に入りたいんだけど……良いかしら？」

「……お風呂？」

「ええ。この宿の部屋には魔導具を使ったお風呂があるのよ」

「あぁ……なるほど」

魔石をポコポコ使うので、一般人はほとんど使えない贅沢な設備だ。

けど、エリカが前世で暮らしていた日本という国では、日常的にお風呂に入る習慣があったらしく、この世界でも風呂に入って魔石を惜しげもなく使っている。

駆け出しの冒険者だったころは、それで懐事情が圧迫されて大変だったんだけどな。

「それじゃお風呂に入ってくるわね。覗いたら……ダメなんだからね？」

「はいはい、覗かないから入ってこい」

「……ばか」

適当にあしらったら拗《す》ねるとか可愛いじゃないか……って、ちがーうっ！　エリカがお風呂に入ってるあいだにシャルロットが来たらどうするんだよ!?

いや、待て、落ち着け。

外出してから数時間。そして、誓いのキスによる居場所の探知は数時間に一度。こんな状況で、ピンポイントでやってくるなんて、そんな偶然が起きるはずがない。

大人しくエリカがお風呂から上がるのを待って、上がったら酒場で夕食を食べる。酒場でなら、シャルロットに出くわしても誤魔化しきれるかもしれない。

そんな風に考えていると、どこからともなく澄んだ音色の歌声が聞こえてきた。どうやらお風呂に入っているエリカが上機嫌で口ずさんでいるらしい。

綺麗な音色だな……と聞き惚れていると、不意に誰かが部屋の扉をノックした。

ま、まさかシャルロットか？　いや、そんなまさか。こんな絶妙なタイミングで来るとかありえない。違うはず、違うはず！

違う……と良いなぁ。

「えっと……どなたですか？」

恐る恐る扉を開けると、そこに宿屋のおばさんがいた。

俺は思わず安堵のため息をつく。

「すまないねぇ。この部屋の風呂場は、良く声が響くんだよ。綺麗な歌声だとは思うけど、すこし控えるように言ってくれないかい？」

「あ、あぁ……すみません、すぐに注意しておきます」

あの歌声、外にまで聞こえてたのか……と、俺は宿屋のおばさんに謝罪して部屋に戻る。

「おぉい、エリカ～」

外から呼び掛けるが返事はない。歌声は相変わらず聞こえてるんだけど、こっちの声は聞こえにくいみたいだ。

……仕方ない。

俺はリビングの奥にある脱衣所の扉を開けて、風呂場の扉をこんこんとノックした。

「ふえっ。ア、アベル？　まさか、のぞきに来る代わりに、堂々と入ってくるつもりなの!?」

扉の向こうから、慌てふためくエリカの声が聞こえてくる。

なんかとんでもないことを口走ってるな……というか、この扉一つ隔てて、裸のエリカがいると思うと、ちょっとドギマギする。

とか思っていたら、扉が少しだけ開いて、そこからエリカが顔を覗かせる。扉の隙間から顔を覗かせたエリカの素肌がちらりと見えた。

「あ、あたしは誓いのキスをした身だから、アベルが望むなら断らないけど……その、いくらなんでも、いきなり一緒にお風呂は恥ずかしいっていうか……最初はベッドが……」

「ご、誤解だから落ち着け」

このまましゃべらせるとヤバイ気がして遮る。

「その風呂場、声が外に響くそうなんだ」

「え、聞こえてた？」

「ああ。壁が思ったより薄いんだと思う。宿屋のおばさんが声を抑えて欲しいって」

「〜〜〜っ」

凄く恥ずかしそうで、見てるこっちまで恥ずかしくなってくる。

「えっと……それじゃ、そういうことだから」

「う、うん。大人しくお風呂に入ってくるわね」

エリカは恥ずかしそうにパタンと扉を閉じた。

……うん。言った俺の方も恥ずかしい。というか、なんで俺はこんなに動揺してるんだろうと溜息をついてリビングへ戻ると、再び扉がノックされた。

「さっきの件なら――」

いま、ちょうど伝えたところですよと、喉元まで出掛かっていたセリフはゴクリと飲み込んだ。

部屋の前にいたのが宿屋のおばさんではなく、シャルロットだったからだ。

†　†　†

扉を開けると、そこには青みがかった銀髪のお嬢様。俺に想いを寄せ、誓いのキスという契約魔術を俺に使った女の子がたたずんでいた。

ちょっと甘酸っぱいワンシーンのように見えるが、とんでもない。

シャルロットの実家に部屋を用意してもらっていたのに、散歩してくると出掛けて宿屋に来ている。しかも取ったのは二人部屋で、お風呂場では他の女の子が入浴中。

はい、終わった。俺の人生、今度こそ終わったーっ！

「アベルくん、上がっても良いかな？」

「えっと……も、もちろん」

シャルロットは勘が良い。

ここでダメと言えば怪しまれるのは確実で、バレるのは時間の問題だ。中に入れるのも危険だけど、いますぐバレるよりはマシだとリビングへと招き入れた。

大丈夫。エリカはアイテムボックス持ちなので、私物は転がっていない。奥にある扉の向こうではエリカが入浴中だけど、幸いにして物音は聞こえない。

さっき呼び掛けたときも聞こえなかったから、歌うほどの声じゃなければ大丈夫だろう。

……たぶん。

とにかく、エリカがお風呂から上がってくるにはもう少しだけ猶予があるはずだ。それまでにシャルロットを部屋から帰せば、この状況を切り抜けられる。

問題は、どうして俺が宿にいるのかを誤魔化す方法だ。考えろ。散歩に出掛けて、そのまま二人部屋の宿を取る理由を考えろ考えろ考えてもなにも思いつかないよ！

「……アベルくんのエッチ」

シャルロットが、ほんのりと頬を赤らめて呟く。

……って、エッチ？　俺がエリカとこの宿を取ったってバレてるのか？　でも、それにしては、怒ってる感じじゃないよな？

「えっと、どうして？」

「私に言わせるなんてイジワルだなぁ。でも、私も親達の監視がないところで甘えたい気分だったから、許してあげる」

……………………はっ⁉　もしかして、親の目を盗んで二人でイチャつくために、俺が宿の部屋を取ったと誤解されてる⁉

「ご――」

誤解だと喉元まで込み上げたセリフは、けれど寸前で呑み込んだ。

この状況を上手く誤魔化す方法が他に思いつかない。

シャルロットの誤解に乗っかるのが、この場を乗り切る唯一の方法かもしれない――と、そんな風に思ったからだ。

「実は、二人でゆっくり話したいって思ったんだ」

「……話したい？　もしかして……私にとって悲しい内容、なのかな？」

シャルロットが不安そうに自分の胸を押さえる。

「……悲しい内容？　なんでそんな風に思うんだ？」

「だって……アベルくん、あれからなにも言ってくれないし、もしかしたら誓いのキスのこと、迷惑に思ってるのかなって……」

「色々あって戸惑ってるのは事実だけど、シャルロットが悪いわけじゃないだろ？　だから、迷惑に思ってるなんてことは絶対にない」

「……ホント？」

「ああ。むしろ、シャルロットに好意を寄せてもらえて嬉しいよ」

本心である。

シャルロットとエリカ、図らずも二人から誓いのキスを受けて大変なことになっているのは事実だけど、好意を迷惑に思うなんてことだけは絶対にありえない。

ただ、ひたすらに修羅場で胃が痛いだけで有る。

「良かったぁ……」

シャルロットが安堵のため息をつく。それから俺を見上げて、わずかに頬を赤らめた。

「ねぇ……アベルくん。いま、二人っきりだね」

いいえ、すぐ後ろにある扉の向こうでエリカが入浴中です。

というか、あれからどれくらい経った？　お湯を流すための魔導具は魔石の消費が激しいので、入浴時間がそんなに長くない。

既に、いつ上がってきてもおかしくない。

でも焦りは禁物だ。焦っていることがバレたら、絶対にエリカの存在がバレる。落ち着いて、いつも通りに対応して、この状況をなんとしても乗り切る！

「ねぇ……アベルくん」

シャルロットがゆっくりと俺に近付いてきた。

手を伸ばせば抱きしめられる距離で、シャルロットは俺を見上げてくる。だけど、俺はシャルロットがつま先立ちになる寸前、その両肩を摑んで押しとどめた。

「どうして？　アベルくんは私のこと——」

シャルロットが泣きそうな顔で声を荒らげそうになる。その寸前、俺は人差し指でシャルロットの唇を塞ぎ、そのセリフを遮った。

……あ、危なかった。

大きな声を上げられてたら、さすがにエリカに聞こえちゃうからな。

この状況を無難に乗り切るのなら、シャルロットの望む答えを返すべきだけど、俺は気持ちのことで二人に嘘をつきたくない。

だから——

「シャルロット。前にも言ったけど、答えを出すのは待ってくれ」

「……まだ待たなきゃダメ？　なにか、迷っていることがあるの？」

「ある……けど、それは話せない」

本当なら、正直に打ち明けるべきだ。だけどそれをしたら俺が心労で死んで、二人が罪悪感で苦しむと知ってる。だから、打ち明けることは出来ない。

「じゃあ、いつまで待てば良いの？」

「それは分からない」

「なら、言われたとおりに待てば、私を受け入れてくれるの？」

「それも分からない」

シャルロットは、ほぅっと小さなため息をついた。

「つまりアベルくんは、理由は話せないし、いつまでかも分からないし、待った末に私のことを振るかもしれないけど、待ってて欲しいっていうの？」

「……そう、だ」

客観的に聞いて良く分かった。ふざけないで——って、叩かれたって仕方がない。むしろ、まだ平手が飛んで来てないのが不思議なくらいだ。

「凄く勝手だね」

「分かってる。だけど、それでも——」

「——それでも、待っててあげる」

シャルロットが俺のセリフに被せて言い放った。

声が重なったせいもあって、俺は最初、その言葉の意味が分からなかった。

「……え？　いま、待つって……言ってくれたのか？　理由は教えられないし、いつまで待たせるかも分からない。そのうえ、想いに応えられるかも分からないんだぞ？」

「それでも、アベルくんが待てというのなら、私はいつまでだって待つよ」

「……どうしてそこまで」

「アベルくん。私は決して、軽い気持ちで誓いのキスをしたわけじゃない。私が誓いのキスをしたのは、その覚悟があったからだよ」

シャルロットはその青みがかった銀髪を揺らし、じっと俺を見上げてくる。

「だって……アベルくんを好きになっちゃったんだもん。しょうがないよ」

少しだけ困った顔で、だけど微笑みを浮かべて受け入れてくれた。その優しさに思わず抱きしめたくなってしまうが、そろそろ本気でヤバイ。

浴槽の方から感知できてた魔導具の反応が止まった。

「シャルロット、約束する。いますぐは答えられないけど、いつかちゃんと答えるから。だから、それまで待っててくれ」

あと、速く部屋から出て行ってくださいお願いしますなんでもしますからぁ！

「うん。待ってるよ」

「ありがとう。それじゃ……少し外を歩かないか？」

俺はこれ以上はヤバイと、全力で退出を願った。

「別にかまわないけど……？」

急にどうしてと言いたげに首を傾げる。

「実はこの宿、壁が薄いらしくて、話し声が他の部屋に聞こえてるみたいなんだ」

嘘だ。もし聞こえてたら、いまごろ裸のエリカが乗り込んできてる。だけど、いつそうならないとも限らない――と、俺はシャルロットを宿の外へと連れ出した。


ひとまず、危機的状況を乗り切った――が、問題はまだまだ目白押しだ。

「悪い、部屋に忘れ物をしてきたから、ちょっとだけ待っててくれ」

シャルロットを宿の前で待たせて、俺は再び部屋へと舞い戻った。そうしてリビングに入ると、薄手のキャミソール姿で、しっとり濡れた髪を拭いているエリカの姿があった。

あ、危なかった！　数分遅かったら、鉢合わせしてたよーっ！

「アベル、どこか行ってたの？」

「あぁ……いや、ちょっとダンジョンのことでギルドに行こうと思ってな。話をしてくるから、エリカは先にご飯を食べてくれ」

「ギルドなら、あたしも一緒に行こうか？」

やーめーてーっ！　そんなことされたら、シャルロットにバレちゃうからーっ！

俺は心の中で悲鳴を上げながら、必死に打開策を考えて視線を巡らせる。

「濡れた髪でギルドなんて行ったら、せっかく綺麗にした髪に埃がついちゃうだろ」

「……たしかにそうね」

良かった、なんとか納得してもらえそうだ。

「ところでアベル、さっき、ここに誰か来てた？」

ふぁ!?　バレた!?　声が聞こえてた!?

「……なんでそんなことを聞くんだ？」

「うん。なんか、この部屋から甘い香りがするから」

ああああああああああああああああああっ！　そうだった！　シャルロットから甘い香りがするなとか俺も思ったよ！

お、落ち着け、まだ、まだ大丈夫、誤魔化せる！

「あの香りって、たしかシャルロットの――」

「そう、シャルロットが使ってる香水の匂いだな」

「あ、やっぱりそうなんだ？　……って、シャルロットがここにいたの？」

「いや、俺が調合した香水だよ。さっきアイテムボックスの中身を整理してたときに、前に頼まれて作った分が出てきたから、それでニオイが残ったんだと思う」

「え、そうなんだ？」

もちろん、口から出任せだ。なんて言ったら大変なことになるので、そうだよと頷く。

「へぇ、アベルって、香水なんて作れたんだ」

作れません。

「あ、在庫が残ってるのよね。良かったら、あたしにもくれないかな？」

持ってません！　そういう注文はシャルロットに言ってくれ。

なんて、ホントに言われたら困るんだけど！

ピンチだよ、大ピンチだよ。手持ちの香水の匂いだって誤魔化したのに、手元に香水がないなんてバレたら、大ピンチだよ！

「あ、あれはシャルロット用に作ったものだから、今度エリカのために作ってやるよ」

「あたしのために？」

「もちろん。エリカに合う香りでつくる」

「えへへ、楽しみにしてるわね」

な、なんとか誤魔化せた。……けど、俺は本気で香水の作り方なんて知らない。後でシャルロットから香水の入手経路か作り方を聞こう……

「そ、それじゃ、ちょっとギルドに行ってくるな」

「はーい、行ってらっしゃい」

俺はエリカに見送られて部屋を後にした。

……な、なんとか乗り切った。九死に一生を得た気分だよ。

「お待たせ、シャルロット」

「おかえり……って、なんでそんなに疲れた顔をしてるの？」

「いや、なんでもない」

「……なら良いけど。それで、忘れ物は見つかった？」

「あ、あぁ、うん」

そういや、忘れ物を取ってくるって設定だった。

ヤバイヤバイ。目先のピンチを乗り切ったとはいえ、まだまだ状況は逼迫《ひっぱく》している。

気を抜かないようにしないと。

……っていうか、俺はなにと戦ってるんだろうなぁ。なんて、あんまり考えると情けなくなるから止めようと、頭を振って歩き始めた。

「それで、どこへ向かってるの？　夕食の時間だし、そろそろ屋敷に戻る？」

隣を歩くシャルロットが問い掛けてくる。

「そ、それは、その……」

エリカには、少しギルドに行くと伝えた。俺が長時間うろうろしてたら、エリカが不審に思って追い掛けてくるかもしれない。

そんなことを考えながら、二人並んで街の小道を歩き始める。そして俺達は、街の高台へとやって来た。そうして二人で落下防止の柵に寄りかかり、夜の街を一緒に眺める。

「ねぇ、アベルくん。ブルーレイクを管理するのも、もしかして嫌だったりするのかな？」

「え、いや、そんなことはないけど……なんでだ？」

「だって、今日のアベルくん。なんだか屋敷にいるのを嫌がってるみたいだし」

「そういう訳じゃないんだけどな……」

説明が難しい……というか、説明したら詰んじゃう。

「田舎町の管理は驚いたけど、嫌とは思ってないよ。ただ、シャルロットの想いに応えたわけでもないのに、お屋敷に我が物顔で滞在するのが申し訳なくてな」

とっさに口にしてから、意外と本心っぽいなと自分で思った。

「じゃあ、もしかして宿を取ったのも？」

「まぁ……そんなところだ」

おぉ、上手く説明できた。

「ふぅん。私は気にしなくて良いと思うんだけど……分かった。アベルくんの気持ちを尊重するわ。家の方には私から言っておくわね」

「……ありがとな」

シャルロットは貴族令嬢でありながら、自分の気持ちを押しつけようとしない。シャルロットは本当に優しい女の子だと思う。

まあ……誓いのキスのときは、思いっきり押しつけてきたけどな。

「なによ、どうして笑うのよ？」

「いや、シャルロットは優しいなって思って」

「〜〜〜っ」

シャルロットが恥ずかしそうに身悶えた。

それから、じっと俺の顔を見上げると……

「えへへ、そんな風に言われたら、恥ずかしいよぉ」

以前聞いたことのある甘え口調のシャルロットが顔を出した。でもって、シャルロットは自分のセリフに驚いたように、口元を手で覆い隠した。

「……もしかして、バッドステータスかなにかを持ってるのか？」

「ど、どうして分かっちゃうの？　ずっと、秘密にしてたのに……」

エリカもバッドステータス持ちだったから――と言うとややこしくなりそうだから、なんとなくそう思っただけだと誤魔化しておく。

「私のバッドステータスはほろ酔いっていうの。いまみたいに酔っ払ったようになって、思考力が低下しちゃうの」

「それで、ときどき甘えた口調になるんだな」

「ええ、発動時間は夜で、二人っきりだったりすると効果が強まっちゃうんだよ。あ、でも、詳細は秘密だよ。だって、恥ずかしいもん」

ちょっと甘えた口調のシャルロットが可愛らしい。

なんて思ってたら、シャルロットが小首をかしげた。

「……あれぇ？　そういえば、さっきはどうして発動しなかったのかなぁ？」

「さっきって……っ！」

宿でのことだ。二人っきりだったのにバッドステータスが発動しなかった――と、シャルロットは疑問に思ってる。けど、その理由は簡単だ。

単純に二人っきりじゃなくて、お風呂場にエリカがいたから。

マズイマズイマズイ、その事実がばれるのはマズイ！

「えっと……さっきはまだ、夜になってなかったんじゃないか？」

「えぇ、そうかなぁ？」

「そうそう、そうだって」

なんて、エリカのバッドステータスが消えた感じからして、実際はもう少し前に夜になってた。

それがバレると大ピンチだけど……

「ううん……そうかもしれないねぇ〜」

た、助かった。シャルロットの思考能力が低下してるおかげで助かった！

はふぅ……本当に紙一重過ぎる。心労で本当に死んじゃいそうだ。

「あぁ、そうだ。あのね、アベルくん。ギルドの件はどうするの？」

「……え、ギルド？」

ギルドの件ってなんだっけ？　まさか、俺のロリコン疑惑の件じゃないよな……？

「ブルーレイクにダンジョンが出来たでしょ？」

「あ、あぁ……新しく作るギルドの話か」

「そうそう。ギルドを誘致する件の手続きや話し合いが二、三日ほどかかりそうなんだよ。私は、それが終わってからブルーレイクの町へ行くつもりなんだけどぉ」

シャルロットが、問い掛けるように俺の顔を見上げてくる。

「ん？　なにかあるのか？」

「アベルくんはどうするかなぁって」

「あぁ……そっか」

シャルロットが手続きでこの街に留まるからといって、俺まで留まる必要はない。もちろん、普通なら待ってるよと言うべきなんだけど……

「なら、先にブルーレイクに行ってても良いか？」

俺はさり気なく、だけど、絶対に譲れない思いを込めて問い掛けた。

「えぇ……先に行っちゃうの？」

やめろぉ、そんなに寂しそうな顔で俺を見るなぁっ！

俺だって薄情だとは思うけど、これしか道はない。この街に留まっていたら、明日と言わず今夜にでも二重生活がバレてしまう。

それを回避するためには、エリカを連れて先にブルーレイクに行くしかない。

「ダンジョンのことも気になるから、悪いけど先に行ってるよ」

「ん～、そっかぁ……なら、ダンジョンの手続きを急いで終わらせて追い掛けるね」

「ああ、向こうで待ってるよ」

待ってるというのは本心だ。

だけど、ブルーレイクでは確実に俺の二重生活がバレるだろう。

契約魔術のブッキングをいつまで隠し通すのか、女神様はそのときが来たら分かるなんて言ってたけど、そのときまで隠し通せるのかどうか……先行きは不安だ。

†　†　†

ブルーレイクにある宿屋の一室。

俺は窓辺から差し込む朝の光を浴びて、うーんと伸びをした。

先にブルーレイクに行ってると告げたあの日。俺はシャルロットを屋敷に送り届けてから、エリカが待つ宿へと帰還した。

そして、翌朝に馬車で街を出発して、昨日の夜にこの町に到着したというわけだ。

エリカも同行しているが、当然ながら部屋は別々だ。たとえどんな理由があったとしても、このあいだみたいなピンチを迎えるのはごめんである。

もっとも、俺はまがりなりにも成功した冒険者なので、蓄えは十分にある。部屋が満室なんて問題に直面しない限り、俺とエリカが二人部屋を選ぶ必要はない。

という訳で、一人部屋で目を覚ました俺は、顔を洗ったりしてからエリカを迎えに行った。


「エリカ、起きてるか？」

控えめにノックをすると、中から入って良いわよと返事が聞こえてくる。俺は一呼吸おいてから扉を開き、エリカの部屋に足を踏み入れた。

エリカはベッドの上にぺたんと座って、ツインテールを結い上げているところだった。口に髪を結ぶためのヒモを咥えている姿が、なんとなく艶めかしい。

「おはよう、アベル」

咥えていたリボンで髪を結びながら微笑む。なんというか……凄く女の子っぽい仕草で愛らしい。散々と罵ってくるときのエリカと同一人物には見えないな。

「……アベル？　そんなにあたしをじっと見てどうしたのよ？　っていうか、そんな風に見られると恥ずかしいんだけど。あたしの許可なくジロジロ見ないでよね！」

なんか、三段活用っぽい感じでツンツンしてきた。

俺がずっと見てたから、意識しちゃったんだな。ちょっと可愛いぞ。

「ちょっと、いいかげんにしなさいよ」

「あぁ、悪い悪い。外で待ってるから、朝食でも食べに行こう」

「はぁ？　どうしてあたしが、アベルと一緒に朝食を食べなきゃいけないのよ！」

酷いことを言われているが、俺は気にせず外に出た。

バッドステータスのツンデレは、テンパればテンパるほど意識してツンが強くなるっぽいので、退散できる場合はこうやって時間を空けるのが一番なのだ。


「……はぁ。あたし、どうしてツンデレなんてバッドステータスを習得したのかしら？」

食堂に片隅にあるテーブル席。

向かいの席で朝食を食べているエリカがぽつりと呟いた。

「聖女の称号を手に入れるために必要だったんだろ？」

「そうなんだけど……もう少し、他に選択肢があったと思うのよね」

「まあ……気持ちは分かるけどな」

バッドステータスは産まれたときから有るのが大半で、後は生活環境なんかで習得することもあるが……どのみち、本人の意思とは関係のないことが多い。

だけど、エリカは自分の意思で習得したバッドステータスに苦しめられている。

自分の選択を後悔する気持ちは分からなくもない。

でも、ツンツンしてるエリカも慣れれば可愛いから、後悔する必要なんてないと思う。

なーんて、人の多い食堂でそれを言うと、ツンデレが大変なことになりそうなので、俺は答えずに卵焼きを口に放り込んだ。

焼きたての卵の味が口の中に広がり、思わず幸せな気持ちになる。

「ところで、スローライフって、アベルはなにをするつもりなの？」

「とくにこれっていうのは決めてないんだけど、この田舎町に暮らして、楽しそうなことを見つけて、それをやってみようかなって思ってる」

「楽しそうなこと？　じゃあ、ダンジョンにはもう潜らないの？」

「いや、必要があれば潜るよ。ただ、積極的には潜らないかな」

ダンジョンに嫌気がさしたとか、人助けが嫌になったとかじゃない。

だから、困ってる人がいたら人助けをするし、必要なときはダンジョンにも潜る。ただ、いままでのように、必死に頑張るのは止めようと思ったのだ。

「ちなみに、エリカはなにか、こういうことをしたいとか言うのはあるのか？」

「あたしはお風呂の魔導具を取り寄せたいわ」

「あぁ、宿にはなかったよな」

普通は水浴びや、桶に張った水で身体を清めるのがせいぜい。魔導具を使ったお風呂はかなりの贅沢だから、一般にはあまり出回ってない。

シャルロットに頼めば入手できるはずだし、そもそもシャルロットがいれば魔術でお湯を出すことも出来るんだけど……いま言うと話がややこしくなるから黙ってる。

「あぁ……お湯といえば、山の裾野に発生したダンジョン側に、お湯が湧いてるんだよな」

「――えっ!?」

なぜかエリカの目の色が変わった。

「なにをそんなに驚いてるんだ？」

「だって、お湯でしょ？　それって温泉じゃない？」

「残念だけど、あれはそんな良い物じゃないぞ」

「どうしてそう思うのよ？」

「湧き出るお湯から、卵が腐ったみたいなニオイがするんだ」

「思いっきり温泉じゃない！」

エリカがバンッとテーブルに手をついて身を乗り出してくる……けど、なにを言ってるのか良く分からない。

「温泉ってたしか、自然から湧き出てくる、身体に良いお湯だろ？　この近くで湧いてるのは、腐った卵みたいなニオイのするお湯だぞ？」

「だから、それが温泉なんだってば」

「…………………はい？」

やっぱりなにを言われてるのか良く分からなかった。

「腐った卵みたいなニオイのするお湯が、身体に良いって言うのか？」

「成分によってはあれだけど、たぶん大丈夫だと思うわ。食事が終わったら、その温泉が湧いてる場所に行くわよっ、あたしを連れて行きなさい！」

「まぁ……エリカが行きたいのなら」

エリカが元気になったからまあ良いかな——と、そんなことを考えながら朝食を終えた。


そんなこんなで、エリカと一緒に山の裾野へと向かっていると、例によって例のごとくに卵の腐ったような臭いが漂ってきた。

どう考えても臭いんだけど、エリカは「温泉よ、温泉のニオイよ！」とはしゃいでいる。こんなに臭いのに、なにが嬉しいんだか良く分からない。

「なぁ、エリカの鼻ってどうなってるんだ？」

「失礼ね、あたしの鼻は正常よ」

「でも……このニオイを臭く感じないいんだよな？」

「いえ、たしかに臭いわよ」

「あぁ、そうなんだ」

ちょっと安心した。

「でも、この臭さが温泉の醍醐味なのよ。あと、卵の腐ったような臭いは硫黄のニオイだと思われがちだけど、本当は水に溶け込まなかった硫化水素のニオイなのよ！」

「お、おう……」

やっぱり良く分からないけど、ここで聞き返すと、良く分からない説明を繰り返されそうな気がしたので受け流す。

そうして、俺は早足になったエリカの後を追い掛けた。

「うわぁ凄い、エメラルドグリーンの温泉よ。きっと硫化水素イオンの濃度が高いのね！」

「ああ、ホントだな〜」

分からないけど取り敢えず同意する。

「ちょっと、アベル。分からないから適当に同意してるでしょ！」

「……バレたか」

「まったく、いいかげんにしなさいよね」

そう言いながらも、エリカの顔は笑顔のままだ。温泉が見つかってよっぽど嬉しいんだろう。これは嬉しい誤算だ。

「それじゃ、アベル。ちょっと周囲を見張っててもらっても良いかしら？」

「ん？　別にかまわないけど……なにをするんだ？」

「なにって、温泉に入ってみるのよ」

「はぁ!? 待て待て、まだ安全確認だって終わってないだろ？ さっき、成分によっては危ないみたいなことを言ってたじゃないか」

「もし肌が爛《ただ》れたりするようなら、治癒魔術を使うから大丈夫よ！」

この聖女様、アグレッシブすぎる……

「取り敢えず、入ってみるのが一番なのよ」

天然の温泉（仮）を前に、エリカがアグレッシブな発言をする。

「まぁ……たしかにそうだけど。別にエリカが実験台にならなくても良いだろ？」

「あたしが入りたいのよ。だから……」

「だから？」

「背中を向けてくれると嬉しいんだけど？」

「わ、分かったよ」

宿のお風呂ではあんなに恥ずかしそうにしていたクセに、エリカは俺の見ている前でブラウスのボタンを外し始めた。

下着がちらりと見えるのとほぼ同時、俺は慌てて背中を向ける。それから、わずかに衣擦れの音が聞こえて、なにやらバシャバシャと水音が響く。

「……なにをやってるんだ？」

振り返ると絶対に怒られるので、背を向けたまま問い掛けた。

「なにって、お湯に浸かる前に掛け湯をして身体を清めてるの。……常識よ？」

「……そうなのか」

湖や川に飛び込むのと同じだと思うんだが、なにやら独自のルールがあるらしい。

「そういうのって、エリカが前にいた世界……日本とかいう国のルールなのか？」

「まぁ……そうね。でも、お湯はみんなで使うじゃない。だから、出来るだけ汚れを落としてから入らないと、お湯がどんどん汚れちゃうでしょ？」

「けど、そうすると、すぐお湯がなくなると思うんだが……」

「ここはいくらでも湧いてくるから大丈夫よ」

「なるほど……」

お湯が豊富な環境ならではの発想なんだな。

「ふわぁ……気持ち良い」

チャプンとお湯に入るような音のあと、そこはかとなく色っぽい声が聞こえてくる。

「もしかして、温泉に浸かったのか？　……大丈夫か？」

「ええ、凄く良いお湯よ。あとでアベルも入ってみたら？」

「まぁ……興味はあるな」

俺にお湯に浸かるという習慣はなかったんだけど、エリカがいつもお風呂に入るので、俺も最近はときどきお湯に浸かるようになった。

温泉っていうのも、ちょっとは興味ある。

それに、いまは気候が良いから平気だけど、冬なんかは水で身体を拭くのは辛い。温かいお湯で汚れを落とせるのなら、それに越したことはないだろう。

「ねぇ、アベル。ここって、近くにダンジョンがあるのよね？」

「ああ、新しいダンジョンがあるぞ。そんなに難易度は高くなさそうだけど、この町を活性化させるには十分な魔石が取れそうだった」

「それじゃ、この町はこれからダンジョンを擁する町として栄えるのね」

「だろうな」

地理的に危険な場所にない限り、ダンジョンが近くにある町はどこも栄えている。ダンジョンの質にもよるが、田舎町としては十二分に恩恵があるだろう。

「はぁ……ダンジョンと温泉かぁ～」

背後からなんとも言えないため息が聞こえてきた。

「なんだよ、なにかあるのか？」

「別になんでもないわ。ただ、もしあたしにこの町の内政に関わる権力があったら、ダンジョンのある温泉街として発展させられるのになぁって思っただけよ」

「……内政に関わる権力？」

俺、この町を管理する権限を持ってるよ……？　って言いたいけど、それを言うと、シャルロットとのあれこれまで話すことに。

いや、逆に考えれば、いまこそ話すチャンス、なのか？

いやいや、落ち着け。

温泉街とやらの計画内容によっては、シャルロットとの溝を深める結果になりかねないし、上手く話す順番を考えないと、成り行きで誓いのキスについてまで話すことになりかねない。

もうちょっと、エリカから温泉街とやらの計画を聞いてから考えよう。

「温泉街って、どんな街なんだ？」

「文字通り、温泉を売りにした街よ」

「宿場町とは違うんだよな？」

「どこかへ行く途中に立ち寄るんじゃなくて、温泉に入るために人が集まるのよ」

「……温泉に入るために、人が集まってきたりするのか？　せっかく温泉で綺麗に汚れを落としても、帰りにまた汚れるんじゃないか？」

「そ、そう言われると返答に困るわね」

いきなり困ってるし、全然ダメじゃないか……。

「あっ、でも、温泉が身体に良いのは本当よ？　新陳代謝も上がるし、交感神経の活性化や、内臓の負担の軽減なんかの効果があるから」

「……もう少し分かりやすく」

「ストレスや、怪我、体調不良にも効果があるってこと」

「おぉ、なるほど」

身体が資本の冒険者にとってはありがたい効能だ。

しかも、療養に来ているあいだも、近くのダンジョンで日銭を稼ぐことが出来る。

たしかに売りになりそうな気がする。

……エリカに、シャルロットのことを話してみようかな？　もちろん誓いのキスやらのことは内緒にしなきゃだから、話し方を考えないとダメだけど。

……うん。夜にでも、エリカのツンデレが発動しなくなったら話してみよう――と、その前に一つ確認しておかないとな。

「なぁ、エリカはシャルロットのこと、どう思ってるんだ？」

「シャルロット？　貴族令嬢なのに気取ってないし、あたしがアベルを罵ったときも、アベルのフォローしてくれてたし、優しい子だと思うわ」

「嫌ってはないんだよな？」

「もちろん。あぁ……でも、アベルの件で怒らせたっきりでしょ？　だから、シャルロットは、あたしを嫌ってると思う」

「ふむ……」

たしかに、シャルロットもそんなことを言ってたな。でも、その件は誤解だから、ちゃんと誤解を解けばなんとかなる、かな？

なんて考えていると、背後からパシャリと水音が聞こえてきた。

「ふぅ～、良いお湯だったわ」

「もう上がるのか？」

「ええ。さすがに、アベルにずっと見張らせるのは悪いしね。それに、周囲に人がいないとはいえ、このままだとツンデレが発動しちゃいそうだし」

「ははは……」

出来るだけ考えないようにしてたんだけど、エリカの方も意識してたみたいだな。

「ホント、ごめんね。これからもアベルのこと罵っちゃったりするかもしれないけど……」

「気にしなくて良いって言っただろ？」

「でも……」

背を向けていて表情は見れないけど、エリカは悲しそうな顔をしてるんだと思った。

だから「大丈夫だ」と、大きめの声で言い放つ。

「俺はエリカのバッドステータスを知った上で、一緒に田舎でスローライフを送っても良いって思ったんだ。だから、気にする必要なんてなにもないよ」

……というか、その程度のことで怒ってたら、誓いのキスをブッキングした俺はどうなるんだって話である。

「……エリカ？」

なんか返事がないなと思って呼び掛ける。

だが、やっぱり返事がない。

「おい、エリカ、大丈夫か？　返事がないなら振り返るぞ？」

一呼吸おいて、やっぱり返事がないので振り返る——寸前、エリカの声が聞こえた。

「……えっと、なんて言ったんだ？」

「うるさいわねっ、恥ずかしいこと言わないでって言ったのよ、このバカっ！　時と場所くらい考えなさいよね！」

いきなりツンツンしている。

「……もしかして、さっきの俺のセリフで照れたのか？」

「そんな訳ないじゃない。もう、見張りは良いから先に帰りなさいよっ！」

「はいはい。分かったよ。じゃあ俺は、ちょっとあれこれ見てから帰るよ」

このままだとツンデレが加速しそうだったので、先に退散することにした。

その後、エリカとシャルロットのこと、それにエリカの提案した温泉街についてあれこれ考えを巡らせながら町を見て回る。

そうして夕方になった頃、宿の部屋に戻ると——

「お帰りなさい、ご主人様！」

なぜかティアがパタパタとシッポを振っていた。

†　†　†

「な、なんでティアがここにいるんだ？」

「宿のおばさんにご主人様のことを聞いたら、この部屋だって教えてくれたの！　だから、無理を言って部屋で待たせてもらったんだよぉ～」

「いや、そもそもどうやってこの町が分かったんだ？」

「ご主人様のニオイをたどってきたんだよ！」

「ニオイ!?」

たしかに、魔物の居場所がニオイで分かるとか言ってたけど……まさか、こんな長距離でもニオイをたどってこれるとは思わなかった。

恐るべし、イヌミミ族の嗅覚である。

「ま、まあ、ニオイの件は分かったけど……なにしに来たんだ？」

「それはもちろん、ご主人様にお仕えするためだよぅ」

「おぉう……」

もしかしてとは思ったけど、ホントにそんな理由だったとは……驚いた。馬車でも数日かかる距

離なのに、良く十歳くらいの女の子が一人で来られたなぁ。

「あんまり無茶しちゃダメだぞ。というか、きっとお母さんが心配してるぞ？」

「うん、そうかも。後で、ちゃんとご主人様を見つけられたってお手紙を書いておくね」

「いやいや、そうじゃなくて。……って、え？　お母さんは、ティアが俺を捜しに旅立ったって知ってるのか？」

「うん、もちろん知ってるよ。追い掛けなさいって送り出してくれたの」

「……マジか」

どうしよう。普通に考えたら出任せだけど、ティアの場合は本当な気がする。

「ご主人様、ティア……ご主人様の側にいたら迷惑かなぁ？」

「いや、迷惑って訳じゃないんだけど……」

ただでさえ、エリカとシャルロットの件で修羅場寸前なのに、ここにティアまで加わったら、物凄くややこしいことになりそうな気がする。

「お願い、ご主人様！　ティアに恩返しをさせて欲しいの！」

「ううん。俺は助けたくて助けただけだから、別に恩返しなんて気にしなくて良いんだぞ？」

「ティアが恩返しをしたいんだよぅ。お願い、ご主人様。ティア、ご主人様のためならなんでもするよ？　それにティアのこと、モフモフしても良いよ？」

「モ、モフモフ……」

冷静に考えたら、ティアはまだ十歳前後だ。いくら可愛くてモフモフでも恋愛対象に入るわけじゃないし、エリカやシャルロットの件には影響しないだろう。

……いや、決してモフモフに釣られたわけじゃなくて、あくまで冷静な判断である。

「ティア。確認だけど、本当にアリアさんの許しは得てるんだな？」

「うんうん。あ、ご主人様への手紙をもらってるよ！」

ティアが鞄から手紙を取り出した。俺はそれを受け取って中身に目を通す。そこにはまず、イヌミミ族の集落やアリアさんを救ったことに対するお礼が書かれていた。

そして、イヌミミ族はその恩に報いるため、呼ばれたらいつでも駆けつける旨と、その先駆けとして娘を遣わせる旨が書かれていた。

「……うぅん。俺はちょいちょいと助けられるって思ったから助けただけなんだ。だから、こんな風に恩に着る必要はないんだけどな」

「ご主人様はイヌミミ族を救って、お母さんも元気にしてくれたもん。だから、ティアはご主人様にお仕えしたいの」

まっすぐに俺を見上げているティアの瞳には、揺るぎない決意が宿っていた。その翡翠のごとき瞳とモフモフなイヌミミを見て、俺は小さなため息をつく。

「分かった。なら、俺と一緒にこの町で暮らそう」

「……良いの？」

「ああ。その代わり、色々とお手伝いはしてもらうからな？」

まだ十歳くらいの女の子に重労働はさせられないけど、ティアは非常に鼻が良いし、歳の割りに運動能力は高い。なにかと役に立ってくれるだろう。

なにより――と、俺はティアの頭に手を伸ばし、そのイヌミミをモフモフする。ふわふわの毛並みが最高の手触りを与えてくれる。

「わふぅ。……ご、ご主人様。急に触ったら――んっ。……くすぐったいよぅ」

ティアは身を震わせながらも、その場から動こうとはしない。それを良いことに、俺は更にティアのイヌミミをモフモフする。

「……んっ」

ふむふむ。

イヌミミ族の耳って、位置的には人間の耳と場所が変わらないんだな。毛の色は、サイドテールにしている髪と同じブラウンだけど……髪と違って長くなってないな。

なかなか興味深いなぁ……と、俺は存分にモフモフする。ちょっと調子に乗りすぎたようで、ティアがぺたんと床に座り込んでしまう。

うぅん。なんというか、手のひらをくすぐる毛並みの感触が最高だ。

このまま何時間でもモフモフし続けていたくなる。

「ティア、シッポもモフって良いかな？」

「えっと……うん」

ちょっぴり恥ずかしそうに頷くイヌミミ少女が可愛すぎである。

俺はティアが恐がらないようにと、そっとシッポを掴んだ。ティアがピクリと震えるけれど、嫌がるような素振りは見えない。

それを確認して、俺は尻尾もモフモフしてその感触を楽しむ。

サラサラ具合はミミの方が良いけど、シッポは圧倒的なボリュームがある。ミミとシッポ、どっちも捨てがたい。最高のモフモフである。

「ご主人様、なんだかくすぐったいよぅ」

俺のことを涙目で見上げてくる。モフモフしただけなのに、なんか幼女にイタズラして泣かせたみたいな状況に見えるな。

――って、見えるな、じゃねぇよ！　ヤバイ。エリカだって、とっくに部屋に戻ってるはずだ。そろそろ夕食の時間だし、エリカがいつ迎えに来てもおかしくない。

こんなところエリカに見られたら絶対に誤解される。

モフモフに釣られて我を見失っていた。

「ティア、立てるか？」

「え？　ええっと、少し待ってくれたら……ひゃうっ」

立ち上がれそうになかったので、俺は小脇に抱えて持ち上げた。そして、急いで宿の部屋から脱出。その頃には歩けるようになったティアを連れて、町長の家へと向かった。


町長の家の前、ノックをすると町長のジェフさんが姿を現した。

「これはアベル殿、先日はお世話になりましたな。今日はどうかなさいましたかの？」

「急に訪ねてすまない。実は空き家を売って欲しいんだが……あてはないか？」

「空き家ですか？　いくつかはあると思いますが……アベル殿が住むんですかな？」

「話せば長くなるんだが……俺とシャルロットがこの町を管理することになったんだ」

「この町を管理、ですか？」

町長が少し警戒の色を見せる。

「なにか問題が見つかったとかじゃないから、心配しなくて大丈夫だぞ」

「はぁ……では、管理というのはどういうことですかな？」

「ダンジョンが見つかっただろ？　だから、冒険者ギルドの誘致とか、町を発展させるためのあれこれとかだな。直轄領になると思ってもらえば良いと思う」

「なるほど、そうでしたか」

口ではそう言ってるけど、不安は消えてなさそうだ。

「なにか、気になることがあるなら答えるけど？」

「それでは一つだけ。さきほど、アベル殿とシャルロット様が管理するとおっしゃいましたが、アベル殿も口を出してくださるんですか？」

「うん？　もちろんそのつもりだけど……問題あるのか？」

「いえ、アベル殿は先日、無理を押し通して町の不安を取り除いてくださいましたから」

「あぁ、なるほど」

勝手なことをするなと怒る徴税官――のフリをしたシャルロットの兄に逆らってまで、俺は異臭騒ぎの件を調べた。それで、俺は住民のことを考えていると評価してくれてるんだな。

もしかして、そこまで計算して、あんな芝居を打ってたのか、あの人。

「そっちの件は後日、シャルロットが来たら話し合おう。とにかく、住民の意見を無視するようなことだけはないから心配するな」

「心遣いに感謝ですじゃ。それで、家はアベル殿が住むということでよろしいんですかな？」

「いや、俺の家の件は後日になると思う」

おそらくは、俺達が滞在する屋敷を建てることになるだろう。

……でも、そうするとエリカに、シャルロットと行動を共にしているのがバレてしまい、そのときにはシャルロットにもバレるのは確実だ。

だからそれまでに、なんとかしなきゃいけないんだけど……そのことは後回し。

「空き家が欲しいのは、この子を住まわせたいからなんだ」

俺は横で大人しくしていたティアを少し前に押し出した。ティアは俺が宿でモフり倒した時のままなので、フードを被っていない。モフモフのイヌミミが丸見えである。

「その子は……イヌミミ族ですか？」

「ああ、そうだ。俺のツレだから、いじめたりしないようにしてくれよ？」

ティアが町の住民に迫害されないように、さり気なく釘を刺しておく。

「もちろんですじゃ。アベル殿の愛人だから手を出さないようにと伝えておきましょう」

「よろしく頼む……って、待て待て、誰が愛人だ」

「え、その娘でしょう？」

「いやいや、違うから。というか、どう見ても歳が離れすぎだろ」

「分かっておりますぞ。わしはアベル殿の性癖なんて知りませんし、なにも聞いておりません」

「分かってない、全然分かってない」

「ご安心を。もちろん、アベル殿が若い娘と共にこの町に来たことも知りませんぞ」

「な、なんでそんなことまで知ってるんだ？」

「なにぶん、小さな田舎町ですからな」

恐るべし、田舎の情報網。

……って、いやいや、感心してる場合じゃないぞ。

「そ、その話だけど……」

「もちろん、シャルロット様の耳には入れないようにするのでご安心を」

「……助かる」

俺がそう言うと、ジェフさんは若いですなぁとでも言いたげに笑った。ちくしょう、誤解だって言いたいけど、これ以上の言い訳は逆効果だ。

「と、取り敢えず、ティアが一人で住めるような家はあるか？　見てのとおり、イヌミミ族な上にまだ子供だから安全面を考慮して欲しい。無論、お金に糸目はつけない」

「ふむ……そういうことでしたら、近くにある空き家はどうですかな？　この家の近くですから、娘にときどき様子を見に行かせることが出来ますぞ」

「……娘？」

「異臭騒ぎの時に案内をした娘ですじゃ」

「あぁ……マリーとか言ったっけ」

そっか、あの子は町長の娘だったのか。

「あの子が見てくれるなら安心だけど……良いのか？」

「わしとしても、アベル殿とは仲良くしておきたいと思っておりますからな」

「なるほど、そういうことならよろしく頼む」

ぶっちゃけると、町を管理する俺に恩を売っておきたいということ。俺としても、町長の考えを抑えつけてあれこれするようなつもりはないので問題はない。

俺はジェフさんと握手を交わした。

ジェフさんに案内されたのは、一人で暮らすには十分な広さのある木造の家だった。なかなかしっかりした作りで、ティアが住むには十分そうだ。

ジェフさんに即金で支払いをして、ティアと一緒に家に入る。

「ここがティアの当面のお家だ」

「えっと……ご主人様は一緒に住まないの？　というか、ご主人様はこの町で暮らすの？」

「あぁ、その辺りをまだ説明してなかったな。実は――」

俺はかくかくしかじかと、シャルロットとエリカの件を詳しく説明した。

「ふえぇ……二人から誓いのキスを受けちゃったなんて、凄く大変だね」

「分かってくれるか？」

「うん。ご主人様は女神様のアドバイスを受けて頑張ってるんだよね。ティア、ご主人様が窮地を切り抜けられるように、頑張ってお手伝いをするね！」

「おぉ……ティア、なんて良い子なんだ」

俺は感激のあまり、ティアをモフモフする。

「わふぅ。ご主人様、くすぐったい。くすぐったいよぅ～」

くすぐったそうにしつつも、嬉しそうに微笑んでいる。ティアは俺の癒やしだな。

「ひとまず、ティアはこの家で暮らしてくれ。もちろん、必要な物は全部用意する」

俺はアイテムボックスから当面の生活費と、そのほか食器や家具なんかを出していく。

「わわ、これ全部、ティアが使って良いの？」

「もちろん。ティアは俺に仕えてくれてるんだし、俺が面倒を見るのは当然だろ。……そういえば、ティアは料理できるのか？」

「えっと……お母さんのお手伝いをしてたから、少しなら出来るよ？」

「なら、食材も少しおいとくな。面倒なら食べに行っても良いけど」

——てな感じで必要な物を揃えてから、俺は急いで宿に戻った。

けれど、エリカの部屋に行くと留守だった。どうしたのかと宿屋のおばさんに聞いてみると、部屋にいなかったから食堂に行くと言付けて出掛けたらしい。

ついさっきのことらしいから、急げば間に合うだろう。そう思って食堂に顔を出した俺は、片隅のテーブル席で睨み合っているエリカとシャルロットを見つけた。

メディア様の日常　3

女神様の創造せし亜空間——というか、娯楽ルーム。

女神メディアは空調の効いた部屋で、人間工学に基づいて作ったソファにその身を埋めながら紅茶を楽しみつつ、正面のモニターに映し出されたアベル達の映像を眺めていた。

この女神様、完全にだらけきっている。

「ついに、三人が一堂に会しますわね。あたくしが異世界から連れてきたお気に入りの子達とどう接するのか、ぜひアベルには頑張って欲しいところですわ」

女神メディアは優雅に紅茶を一口、「でもその前に——」と続ける。

「プラムに目を付けられたカイルがどうなったのか、まずはそれを見せてあげますわ」

◇◇◇

「よし、プラムとルナはその調子でボスや雑魚を牽制してくれ！　ジークは二人に近付く取り巻きの牽制。俺が一気にボスを叩く！」

とあるダンジョンの下層にあるボス部屋。カイルの号令のもとに仲間達が動き、ボスのミノタウルスとの激戦を繰り広げていた。

カイルは的確な指示をガンガン飛ばし、着実にミノタウルスを追い込んでいく。そして最長記録ともいえる長い戦闘の末に、カイル達のパーティーは階層のボスに勝利した。

——その日の夜。

カイルのパーティーは酒場で祝勝会をおこなっていた。

「いやぁ……凄かったっす。まさか自分達でミノタウルスを倒せるとは思わなかったっす」

「そうよね。私達がいままで倒したどのボスより強かったわ。カイルさん、さすが勇者ね」

新人の二人。盾役のジークと、魔術師のルナが興奮気味に話す。

「いや、勇者の称号なんて、ちょっと補正があるだけだからな。ミノタウルスを倒せたのは、お前達が的確に動いてくれたからだ」

新しい仲間におだてられても、カイルは浮かれることなく冷静に答える。

「いやいや、それはカイルさんが指示を出してくれたからっすよ」

「あぁ……色々指図して悪かったな。鬱陶しくなかったか？」

「全然。もちろん、最初はちょっとやりにくいかなとか思ったんですけど、指示が全部的確だったから、すっげぇ戦いやすかったっす！」

ジークはもちろん、隣にいるルナも大興奮である。

それもそのはず、カイルはいままでのアベルの動きを思い出して研究。いままでのように攻撃一辺倒ではなく、周囲を観察しながら的確な指示を飛ばしていたのだ。

もちろん、完全に再現できているわけではないが、それでも優れたアベルの動きを取り入れたカイルの指示は、確実にパーティーの実力を引き出していた。

「まぁ……お前達が戦いやすかったなら良かった」

カイルがポリポリと頬を掻く。それを見たプラムがクスクスと笑う。

「カイル様、顔がちょっとあこうなってるよ？」

「うっせぇ。余計なお世話だ」

悪態をつく。それが照れ隠しだと気付いたみんなが一斉に笑い声を上げた。


その後、カイル達は適当な時間まで飲み明かして解散。

それぞれが宿に戻る。

ちなみに、ジークとルナはパーティーに入る前から付き合っているので二人部屋。そして、カイルとプラムも二人部屋である。

「じゃあ、また明日な。プラム、行くぞ」

「はいな、カイル様」

新人達にお休みの挨拶を交わし、カイルとプラムは部屋へと戻る。そうして二人っきりになった瞬間、カイルはプラムを軽く抱き寄せた。

「プラム、今日も良く戦ってくれたな。牽制の攻撃が絶妙だったぜ」

「ふふっ、カイル様にそういってもらえたら嬉しいわ」

「謙遜するなよ。お前がいなかったら、俺はこんな風に自分を取り戻せなかったんだぜ？」

プラムに対して優しげな笑みを浮かべる。いまの二人を見たら、対等な付き合いだと思うか、カイルがプラムを従えていると思う者がほとんどだろう。

だが……実際は違う。


――数日前。

エリカが拒絶したことで、カイルは腰巾着の呪縛から解放された。そこに居合わせたプラムが、カイルにこう尋ねたのだ。

「うちのカイル様。これからは、うちのご主人様になってくれへん？」――と。

もちろん、カイルは混乱した。

てっきり、いまから『うちに従え』と高圧的に迫られて、自らの持つ腰巾着が発動。これからはプラムの言いなりになるしかないと思っていた。

それなのに、プラムが紡いだ言葉はカイルの予想とは真逆。

「……ご主人様になってて、どういうことだ？」

「うちは、ずっと前から勇者様――カイル様に憧れてたんや」

「憧れてた？　プラムは以前から俺のことを知ってたのか？」

「そうやよ。ピンチのうちを、カイル様が救ってくれたんよ」

自分の胸に手を添えて思いをはせる。

プラムの乙女な表情に、カイルはドキッとした。

「それは、いつのことだ？」

「いやや、わぁ。それはうちの大切な思い出なんよ？　いくらカイル様が相手でも、秘密に決まってるやん。どうしても知りたかったら、自力で思い出してぇや」

「むう」

プラムに乙女な表情をさせているのは過去の自分。なのに、いまの自分はそのときのことを覚えていない。カイルは、昔の自分にほんの少し嫉妬を覚えた。

　だが、いまはそれよりも先に確かめなくてはいけないことがある。

「プラム、どうして俺を支配しない？」

「あら、なんのことやろ」

「惚けるな。いまの俺に強気に命令すれば、俺のバッドステータスがプラムに対して発動するって分かってるんだろ?」

そうなれば、プラムが必要ないと切り捨てるか、死が二人を分かつまで、カイルはプラムの腰巾着として生きることになる。

そのためにお膳立てしたんじゃないのかと、カイルはプラムに詰め寄った。

「カイル様のバッドステータスは、意識してる相手やないと発動せぇへんのと違うん?」

「分かってるんだろ?」

カイルはさっき、プラムの胸に抱きしめられていた。そしていまなお、プラムに軽く抱きしめられている。カイルは、どうしようもなくプラムを異性として意識させられている。

この状況がただの偶然とは思えない。

「カイル様の口から聞きたかったんやけど……まぁええか。たしかにうちは、いまならカイル様を支配できるって知ってるよ」

「なら、どうして支配しない。それが目的だったんじゃないのか?」

「うちの目的はさっき言った通りや。うちはカイル様にお仕えしたいんよ。せやから、この状況を作り上げたんや」

「……まさか、支配が目的じゃないって俺に伝えるために、わざわざお膳立てをしたのか?」

一声、強く命令するだけでカイルを支配できる。この状況でカイルを騙す必要はない。だからこそ、プラムは本音で話しているとカイルは理解した。

「カイル様、うちはカイル様に救われてからずっと、カイル様を慕ってるんや。うちは、カイル様のためやったらなんでも出来る。せやから、うちのご主人様になって欲しいんよ」

「……プラム」

プラムの本気の告白にカイルの心は大きく揺れた。

「気持ちは嬉しいが……俺はプラムに支配されなくても、いつか誰かに支配される。そうしたら、アベルの時のように、お前を傷付けるかもしれないんだぞ？」

「カイル様がうちを受け入れてくれるなら、実は一つだけ解決策があるんやけど……？」

「解決策？　それは……まさか。そうか……そういうことか」

プラムがこの状況を作り出したのは、やはりカイルを支配するためだった。

だが、それは強制的にという意味じゃない。

「俺が望めば、俺を支配した上で、お前の主として振る舞わせてくれるってことだな？」

「それやったら、カイル様の思いをねじ曲げることはないやろ？　悪い取り引きやないと思うんやけど……どうかなぁ？」

「そうだな……」

たしかに、カイルを支配している人間が望めば、カイルが思うままに振る舞うことも出来る。カイルの腰巾着というバッドステータスはないも同然となる。

だが、それはカイルを支配する人間が信用できるという前提のもとに成り立っている。

この時点になってもカイルを支配していない以上、いまのプラムは信用できるが、一年後のプラムも信用できるとは限らない。

だけど――

「プラム。俺はずっと腰巾着の呪縛に怯えて生きてきた。誰にも、仲間にもひた隠しにして、ずっと自分を押し殺して生きてきた。だけど、お前はそんな俺の不安に気付いて、なんとかしようとしてくれた初めての人間だ。だから俺は、お前を――信じる」

まっすぐにプラムを見つめる。

そんなカイルに対して、プラムはほのかに頬を赤く染めた。

「信じてくれて嬉しいわ、カイル様。それじゃ――こほんっ」

プラムは片手を腰につき、もう片方の手でビシッとカイルを指差した。

「カイル、あんたはいまから、うちのもんや。異論は認めへん」

「おいおい、いきなりモノ扱いかよ」

「あぁん、なんか文句あるん？　文句あるんやったらいますぐ言い返してみぃな。ほら、どうなん？　うちに文句あるん？　ほら、ハッキリ言ってみいや！」

「――っ。いや、文句なんてないぞ。俺はプラムのモノだ。なんだって言ってくれ！」

人が変わったように――正確に腰巾着の効果で、プラムの言いなりになるようにカイルの意思がねじ曲げられて、プラムにゴマをすり始める。

それを確認したプラムは満足気に微笑んだ。

「さて……後は仕上げに命令をするだけ、やね」

カイルをまっすぐに見上げ、少し考えるような仕草を見せる。

いまのカイルはプラムの思うがままに操ることが出来る。だから、いままでのようにカイルの部屋に忍び込んで、カイルの着替えや枕なんかで自分を慰める必要もない。

望めば、カイル自身に慰めてもらうことだって可能だ——と、そんな妄想はいつも抱いているが、迷っているのはそれが理由ではない。

本音を曝《さら》け出したカイルがまずなにを望むか。

その答えを知るのが恐くて、プラムは命令することを躊躇っているのだ。

本人は気付いていなかったが、カイルが思うままに振る舞うことを望むということは、プラムのご主人様になってくれない可能性もあるということなのだ。

なにより、カイルはエリカに想いを寄せていた。腰巾着の呪縛から解き放たれたいまでも、エリカのことを想っている可能性は消えていない。

自分の思うままに生きろと命令した瞬間、エリカを追い掛けると言い出すかもしれない。だから——と、そこまで考えたところで、プラムは頭を振った。

「……うちの望みは、カイル様の側に置いてもらうこと。せやけど、なによりカイル様に幸せになって欲しいんや。だから……うちは逃げへん」

自分に言い聞かせるように呟いて、文字通りプラムにゴマをすっているカイルを見る。

「カイル様は、そんな風に誰かの言いなりになるべきやない」

「そう、なのか？」

「なんやの？　うちの意見に文句でもあるん？」

「いや、まさか。プラムがそう言うなら、きっとその通りだ」

言いなりになるべきではないという意見に言いなりになっている。よくこれで自己矛盾に混乱せえへんなぁと、プラムは苦笑いを一つ。

「せやから、カイル様。これからはうちの考えに合わせる必要なんてあらへん。カイル様は自分の思うままに行動するべきや！」

最後となるであろう命令を下した。

その瞬間、カイルが大きく目を見開いた。

「あぁ……そうだ、そうだよな。ありがとうプラム。ようやく自分を取り戻せたぜ」

カイルは背筋をピンと伸ばし、自信に満ちた声で言い放った。

いままでのカイルは、ずっと怯えていた。

誰かに意見すれば、意見のぶつかり合いが起きるかもしれない。そうなれば、その過程で腰巾着のバッドステータスが発動する可能性があった。

だから、いままでのカイルはずっと自分を押し殺して生きてきた。

だが、そんな生活とはおさらばだ。これからは、自分の思うように生きることが出来る。

「プラム、お前のおかげだ。俺は、これから自分の思うままに生きる！」

「あぁ……それがカイル様の本当の姿なんやね。うちの想像よりずっと素敵や」

プラムは微笑みを浮かべながら、けれど心臓は不安で早鐘のように鳴っていた。そんな胸をぎゅっと押さえつけ、「それで、カイル様はこれからどうしたいん？」と尋ねた。

「俺は……あいつを追い掛けたい」

「――っ。やっぱり、そう、なんやね」

「ああ。俺にとってあいつは、最初から憧れだったんだ」

カイルの告白に、プラムの胸がズキズキと痛む。けれど、分かっていたことやろ――と、必死に自分に言い聞かせる。

「だが……俺はあいつに嫉妬してた」

「え、嫉妬？」

プラムは首を傾げる。

「それで腰巾着が発動したときに、あんな風に罵ってしまった。だから、俺はあいつを追い掛けて、本心じゃなかったって謝罪したいんだ」

「………ええっと、エリカはんの話、やんね？」

「は？　アベルの話に決まってるだろ」

「――そっちなんっ!?」

まさか、ライバルはエリカはんやのうて、アベルはんの方やったなんて予想外やわ！　あぁでも、それはそれで妄想がはかどるわ！　と、プラムは興奮する。

「それで、カイル様は受けなん？　それとも攻めなん？　……いや、そうやなかった。これからアベルはんを追い掛けるつもりなん？」

「……いや、いまの俺じゃアベルに合わす顔がない。まずは、このパーティーを立て直して、あいつに自慢できるくらい有名になってやる。そしたら、あいつのもとに謝りに行く！」

「そ、そうなんやね」

これは、うちはどうしたらええんやろとプラムは混乱する。だけど、そんなプラムに対して、カイルが手を差し出してきた。

「プラム、俺と一緒にパーティーを立て直す手伝いをしてくれ。俺にはお前が必要だ！」

「ええっと……嬉しいけど、アベルはんのためや想うと、ちょっと悩ましいわ……」

「なんだ、嫌なのか？」

「まさか、嫌なはずないやん。うちは、どこまでもカイル様についていくよ」

「よし、なら決まりだ。俺達でパーティーを盛り立てて、トップパーティーにするぜ！」

カイルが力強く宣言し、プラムが大きく頷く。

世界に名を轟かせる勇者パーティーの歴史はここから始まった……が、そのリーダーの真の目的を知る者は、この世界にたった一人しかいない。

修羅場の片隅にある陽だまり

エリカの後を追い掛けた俺は、食堂の片隅にある四角いテーブル席で、正面から睨み合うように座るエリカとシャルロットを見つけた。

はい、死んだ。俺死んだ。

客観的に考えて、二股を掛けている相手二人が同席しているも同然だし、俺は悪くないなんて、たとえ事実だとしても言い訳にしかならないと思う。

いや、むしろ火に油を注ぐ結果となるかもだよな。

逃げたい。いや、逃げよう。

「あら、アベルじゃない」

「え？　あ、ホントだ、アベルくんだ」

二人が声を掛けてくる。

踵を返す寸前だった俺は、その言葉だけで逃亡を封じられてしまった。だって、ここで帰ったら、絶対逃げたってバレるもん……

そしたら、二人とも誓いのキスの効果で、俺をどこまでも追い掛けてくる。

ダメだ。逃げたら終わる。

逃げなくても終わるかもしれないけど、せめて最後まで立ち向かおう。

「や、やあ、二人とも。どうしてここに?」

「「偶然出くわしたの」」

二人が綺麗にハモった。

「そ、そうなんだ。それはまた凄い偶然もあったもんだな」

そう答えたけれど、俺には二人の心の声が聞こえた。

エリカは『(あなたを待ってたら)偶然出くわした』と言って、シャルロットは『(あなたを追い掛けてきたら)偶然出くわした』と言ったのだ。

もし二人が心の声を言葉にしていたら、その瞬間に血の惨劇《カーニバル》が開催されていた。紙一重で助かったけど危なすぎる。このままじゃ修羅場が始まる前に心労で死んじゃうよぅ……

「まずは座ったらどう?」

「そうよね。アベル、ご飯まだよね?」

シャルロットが、そしてエリカが、さり気なく自分の隣を勧めてくる。

ヤバイ、どっちに座っても終わる。どっちに座っても絶対終わる!

「そ、それじゃ、お言葉に甘えて」

俺はどちらの隣でもなく、椅子を動かして誕生席へと腰を下ろす。二人が同時に怪訝な顔を向けてくるけど、俺は気づかないフリで注文をする。

「エリカ、さっきの話の続きだけど」

「——さっきの話!?」

しまった。びくつきすぎて思わず過剰に声を上げてしまった。二人に不審者を見るような目で見られるが、俺は思いっきり視線を逸らして耐え続けた。

ほどなく、二人の視線が俺から外れる。

「それでエリカ。アベルくんの件は誤解ってどういうこと?」

「一体なんの話をしてたんですかね!?」

再び二人に怪訝な視線を向けられる。

「……アベルくん、さっきから様子が変だよ?」

「い、いや、なんでもない」

俺はシャルロットの視線から逃げるように明後日の方を向く。出来れば、そのまま俺の件とやらは忘れて欲しかったんだけど……エリカが「実は——」と口を開く。

やーめーてーっ! 誓いのキスの件だけは許してーっ!

「あたしがアベルを罵ってたのは、とあるバッドステータスが原因だったの」

そ、そっちか。

「バッドステータス？　あぁ……そういえば、エリカは転生者だもんね」

「ええ。だから、あたしがアベルを罵ったのは本心じゃないわ。アベルは気配りも出来るし、戦闘の判断も的確だって思ってる。それがあたしの本心よ」

「……そっか。あなたがあんな風にアベルくんを罵るなんて、おかしいとは思ってたんだよね。そういうことなら、あなたが最低だって言ったことは取り消すよ」

俺がいないあいだにそんなこと言ったんだ。……ヤバかった。俺が戻るのがあと数分遅かったら、色々終わってた気がする。

「ありがとう。それと、アベルを庇うあなたに酷いことを言ってごめんなさい」

「良いわ、許してあげる。バッドステータスじゃ仕方ないもの」

シャルロットが理解を見せるのはきっと、自分もバッドステータスを抱えてるからだな。

よくよく考えるとこの二人は似たようなバッドステータスを抱えてるし、もしかしたら共感を抱いてたりするのかも。

「それで、エリカはアベルに謝るためにここまで追い掛けてきたの？」

「いえ、あたしがここにいるのは――」

「――じ、実はもう謝ってもらってるんだっ！」

あ、危なっ！　危なかった。思いっきり油断してた。

さらっと爆弾を落とすのは止めて欲しい。

「俺がパーティーから追放になったあの日の夜、エリカは俺に謝りに来てくれたんだ。だから、俺もエリカのことは許してる」

「そう、だったの……？」

シャルロットが驚きに目を見開く。

どうして教えてくれなかったのと言いたげだが、もちろんそんなセリフは言わせない。だって、パーティーを抜けてからも一緒にいたことがバレるから。

「心配してくれたんだよな。ありがとう、シャルロット」

俺は過程をすっ飛ばして、目を見て感謝の気持ちを伝える。その瞬間、シャルロットの頬がわずかに赤らんだ。

……そうか、いまはもう夜か。

シャルロットはほろ酔いの効果で思考能力が低下する。周囲に人が多いので効果は限定的なはずだけど、それでもないよりはありがたい。

そして、エリカはツンツンすることがなく、素直になっているはずだ。

つまり、俺が上手く立ち回れば、絶対に状況を乗り越えられる！　だから、まずは……まずはそう、共通の無難な話題を振ろう。

「そ、そういえば、二人ともパーティーを抜けてきたんだよな」

「ええ、そうよ。まずシャルロットが抜けて、次にあたしが抜けたの。あたしが抜けるときには、もうパーティーはボロボロだったわね」

「ボロボロ、だったんだ」

最初は俺が一人で頑張って、やがてエリカやシャルロットと合流した。それからカイルとも合流して、俺達のパーティーは四人でトップクラスにまで上り詰めた。

上手くいってたと、思ってたんだけどなぁ……

「そんな顔しないで。あたしも残念には思うけど、カイルがあんな風に考えていた以上、分裂は避けられなかったと思うわ」

「そうだね。それには私も同意見だよ」

「……分かってる」

もちろん、それは分かってる。

カイルが内心で俺のことをあんな風に思っていた以上、それでも一緒にパーティーを組みたいとは思わない。ただ、カイルがあんな風に思ってたこと自体が残念だと思う。

カイルも実は、エリカと同じようにバッドステータスが原因で——とかなら良かったんだけど、さすがに三人ともバッドステータス持ちなんてありえないよな。

「それで、シャルロットはどうしてこの町に？」

不意打ちで、エリカが問い掛けた。

「あっ、それは——」

「アベルくんとこの町を一緒に統治するためだよ」

俺が言い訳を口にするより早く、シャルロットがあっさりと言ってしまった。それを聞いたエリカが驚いた顔をして――俺をまっすぐに見る。

終わった。今度こそ終わった。どう考えても終わっちゃったぁ！

あぁ……思えば短い人生だったなぁ。せめて死ぬ前に、庭付き一戸建てを建てて、愛する奥さんやペットと幸せに暮らしたかった。

「アベル……シャルロットと一緒にこの町を統治するって……本当なの？」

「あ、ああ。実はダンジョンや温泉を見つけた後、そういう話が出たんだ」

せめて、最後くらいは潔くと、俺は真実を打ち明ける。

そして――

「さすがアベル、既にこの町を温泉街にする計画を立ててたのね！」

ぶんぶんと揺れる金髪ツインテールを目の前に、俺の思考が停止した。

そ、そういえば、エリカは温泉街にしたいとか、この町を好きに出来る権力があればとか言ってたもんな。そ、そうか。俺が事前に手回しした結果だと誤解してくれたのか！

いや、でも、どう考えても時間軸的につじつまが合わない。なんとかしてシャルロットの方を誤魔化さないと、矛盾がバレちゃう。

「ねぇ、二人とも温泉街って、なんの話――」

「シャルロットっ！」

俺は身を乗り出して、シャルロットの手を握った。

「ふえっ!?」

「実は黙ってたけど、前回見つけたあのお湯は温泉だったんだ」

「お、温泉？　そういえば聞いたことがあるけど、あれが温泉なの？」

「ああ。エリカにちゃんと確認をしてもらった。それで、怪我を治すような効果もあるんだって。だから、冒険者が湯治できるような温泉街を作ろう」

「温泉街を……作るの？」

「そうだ。エリカの異世界の知識を借りて、この田舎町をスローライフを送るに相応しい温泉街に発展させて、みんなで面白可笑しく暮らそう！」

色々とつじつまが合わないはずだけど、俺はシャルロットの手を握って、その目を見つめた。周囲に人が多いけれど、いまが夜であることには変わりない。

シャルロットがほんのりと頬を染め、ほろ酔いのような状態になる。

そして――

「ううん。そうだね。三人で暮らすのも楽しそうだよね」

よっしゃあああああああああっ！　誤魔化した！　誤魔化したよ！　と感動に打ち震えるが、まだ油断は出来ない。

俺はエリカへと視線を戻した。

「エリカも頼む。俺達だけじゃ無理だけど、シャルロットの権力があれば、この町を素敵な温泉街に発展させられると思うんだ。だから、一緒にスローライフ目指してがんばろう」

「ええ、そうね。温泉街のために三人で頑張りましょう」

シャルロットに続いて、エリカも三人でこの町で暮らすことに同意してくれる。

色々矛盾があるはずだけど、温泉街という単語に目を輝かせるエリカは気付かない。どんだけ温泉が好きなんだよと突っ込みたいけど、それは確実に俺の墓穴なので突っ込まない。

とにもかくにも、綱渡りだったけど、どうにか渡りきることが出来た。

でも考えてみれば、別におかしいことはなにもない。だって、カイルと合流するまでは、この三人で一緒に冒険をしていた。

三人一緒に町で暮らすのだって大差はない。

これからだって、きっと上手くやっていけると考えていると、エリカとシャルロットが身を乗り出し、俺の耳元で「だけど……」と、左右同時に囁いた。

「あたしがアベルに誓いのキスをしたことは忘れないでよね」

「私がアベルくんに誓いのキスをしたことは忘れないでね」

あぁ死ぬ。俺、絶対近いうちに修羅場か心労で死んじゃう。

†††

状況を整理しよう。

まずはエリカ。

エリカは誓いのキスをして、俺への想いを告げた。そして俺と一緒に田舎町を発展させ、スローライフを送ろうと考えている。

でもって、シャルロットを、夢の手伝いをする仲間だと思っている。

続いてシャルロット。

シャルロットは誓いのキスをして、俺への想いを告げた。そして俺と一緒に田舎町を発展させ、スローライフを送ろうと考えている。

でもって、エリカを、夢の手伝いをする仲間だと思っている。

そして俺。

田舎で庭付き一戸建てを建てて、愛する奥さんやペットと幸せに暮らそうとしてたら、二人から同時に誓いのキスを受けて、不可抗力で二股のような状態になった。

二人に事情を打ち明けるべきだと思うけど、そんなことをしたら不幸になると、女神様から直々に忠告されている。

……状況を整理しても、どうすれば良いか分からない。

どうしてこうなった。

ホント、逃げ出したいと思ったことも一度や二度じゃない。

でも、こんな形になってしまったけど、俺に想いを告げてくれた二人から逃げ出すのは間違っていると思って踏みとどまった。

……まあ、逃げたとしても、誓いのキスの効果で、絶対に逃げられないんだけどさ。


という訳で、翌朝。

俺達は食堂で朝食を取り、休憩がてら今後について話し合っていた。

差し当たっての目標は、この町に冒険者ギルドと温泉宿を作ること。他にもいくつか改善したい点はあるけど、まずはその二つが最初の目標だ。

まずはシャルロットが冒険者ギルドの設立を担当して、エリカが温泉宿の建設を担当することになった。でもって、俺はそんな二人のカバーや橋渡しをすることになったのだが——

「はぁ？　どうしてあたしがアベルと視察に行かなきゃいけないのよ！」

なにかが琴線に触れたらしくて、エリカがいきなりツンツンになった。そして、エリカのツンデレにまだ慣れていないシャルロットが目を丸くする。

「いきなりどうしたの？　温泉宿はエリカの提案だよね？」

「あたしは、アベルと行くのが嫌だって言ってるの！」

「ええっと……」

いきなりの変貌にぽかんとしている。

シャルロットの肩を掴んでこちらを向かせ、俺は無言で首を横に振った。

「……え？　あぁ……もしかして、これが例のバッドステータスの効果？」

「そういうこと。反論すれば余計に酷くなるから、こうなったらそっとしておく方が良い」

「なるほど……私のバッドステータスと似たような感じなんだね。分かった。ひとまずはそっとしておくね」

シャルロットが理解を示してくれる。

エリカは「なに二人でこそこそ話してるのよ！」と怒っているが、俺はなんでもないと軽く受け流す。俺のスルースキルもかなり上がってきた。

ちなみに、この状況になってから気付いたんだけど、ツンデレが発動してるエリカは俺のことを罵るので、誓いのキスを初めとしたあれこれを暴露される心配がない。

ツンデレを発動させておいた方が安全な気がする。

「ちょっと、あたしのこと無視してるんじゃないわよ、このバカっ」

まあ、あんまり罵られたくもないんだけどさ。

「エリカとの視察は後で行こうな」

「はぁ？　だーかーらー、なんであたしがアベルと視察をしなくちゃいけないのよ？」

「午後になったら部屋に迎えに行くからさ」

「ちょっと、行くなんて言ってないでしょ！　人の話を聞きなさいよ！」

エリカが反論してくるけど、「それじゃお先に。ごちそうさま」と食堂から逃げ出した。


食堂の前で待っていると、すぐにシャルロットが追い掛けてくる。

「アベルくん、あんな状況でおいてくなんて酷いよ」

「悪い悪い。けど、エリカがあんな風になったら、俺が離れるのが一番なんだ」

「ふぅん……私のバッドステータスよりキツそうだね。どんなバッドステータスなのかな。アベルくんは聞いてる？」

「え、それは……俺も詳しくは知らないんだ」

もちろん嘘だ。けど、好きな相手に思ってもいないことを言っちゃうバッドステータスだなんて、絶対に教えられない。

「……まあ私もバッドステータスについては秘密だしね。あれこれ詮索するつもりはないよ。それで……えっと、これからどうする？　どれくらいで戻るのかな？」

「バッドステータスの解除自体はそんなに長くはないと思うけど、ひとまずは先に冒険者ギルドの方の話を進めておこう」

という訳で、俺達は冒険者ギルドの候補地を捜すために、町長の家を訪ねた。

「これはこれは、アベル殿。昨日の家――」

「こほんっ。今日は町の統治と、冒険者ギルドの設立について話しに来たんだ」

俺は慌ててジェフのセリフを咳払いで遮って、横にシャルロットがいることを伝える。

「おぉ、シャルロット様。話はおおよそアベル殿から聞いておりますぞ。なんでも、この町を二人で統治するとか？」

「ええ、事実よ。差し当たってこの町に出来たダンジョンに対処するために冒険者ギルドを設立することと、この町に温泉宿を作ることは決定ね」

「冒険者ギルドは分かりますが、温泉宿……ですか？」

「ええ、そうよ。……えっと、どうして作ることになったんだっけ？」

やべぇ。昨日、ほろ酔い状態のところを勢いで押し切っただけだから、シャルロット自体が、温泉街を作る理由が分かってない。

「ジェフさん。温泉には様々な効能があり、怪我なんかも治るんです。だから、怪我の絶えない冒険者が集まる町にはとても相性が良い。だよな、シャルロット」

「あぁそうだった。それで、冒険者ギルドとセットで作ることになったの」

シャルロットは思い出したと言いたげに納得してるけど、昨日はなし崩しで決まっただけで、そんな詳しい話はしてないと思う。

もちろん、言うつもりはないけど。

「なるほど、話は分かりましたじゃ。しかし、その……建築費用はどうなるのですかな？　ハッキリと申しまして、この町にそこまでの余力はありませんぞ？」

ジェフさんが不安そうな顔をシャルロットに向ける。

「ギルドや温泉宿の建築費用や管理はこちらで責任を持つから平気だよ。もちろん、その場合の収益は私に入ることになるけど、職員の大半はこの町から雇う予定だからね」

「ええっと……それは、どういう意味ですかな？」

こういうケースは初めてなのか、町長はシャルロットの説明に首を捻った。

「シャルロットが管理するから、町が出費する必要はない。その代わり、直接の利益が町に入ることもない。ただし、職員への給与などなど、様々な効果でこの町が豊かになるってことだ」

横からフォローを入れる。

といっても、俺自身よく分かってないんだけどな。

けど、俺が理解できる範囲での説明が逆によかったのか、ジェフさんは「なるほど、それは楽しみですじゃ」と表情をほころばせた。

「ひとまず、問題はなさそうね。あとは、ギルドの建築場所なんだけど……条件を伝えるから、候補地を捜しておいてくれるかしら？」

「分かりましたじゃ」

「後は……そうそう。ギルドの職員なんだけど、ギルドマスターはある程度、冒険者としての知識がある者が望ましいんだけど、誰かあてはあるかしら？」

シャルロットが問い掛けるが、ダンジョンのなかった田舎町に元冒険者なんて……いや、ここに三人もいるけど、普通は滅多にいない。

案の定、ジェフさんは残念ながらと首を横に振った。

「なら、マリーを教育してギルドマスターに据えようと思うのだけど、どうかしら？」

「うちの娘を……ですか？」

「ええ。これはアベルくんが事前に計画していたことなんだけど……」

シャルロットがそんな枕詞《まくらことば》を告げたけど事実無根である。

まあ、表情だけはそうですよと取り繕っておくけど。

「彼女は既に冒険者としてのレベルが結構上がってるのよ。だから、少し冒険者としての経験を積ませたら、ギルドマスターに据えることが出来ると思うのよね」

おぉ、そうか。これを見越して、事前にマリーのレベルを上げさせたのなら、たしかに先見の明が凄いな……って、俺のことだけどな。っていうか、ただの偶然だけどな！

「冒険者としての経験……ですか？　ダンジョンに潜るということですかな？」

「ええ、その通りよ。でも、最初は私達が付き添うから、危険はほとんどないよ」

「……そうですか。一度マリーに聞いてみたいと思うんですが、よろしいですかな？」

「ええ、それでかまわないよ」

――と、そんな感じで、冒険者ギルドの設立についての話し合いが行われた。


その後、シャルロットは実際の候補地を見るということで別行動。

俺はエリカを迎えに行って、温泉宿の候補地を見て回ることにする。ツンデレの治まったエリカを回収して、温泉の湧いている付近へとやって来た。

「温泉が湧いてるのはこの辺りだよな。ってことは、宿もこの辺に建てるのか？」

「源泉からパイプを使って引くから、この付近に限る必要はないわよ。あまり距離があると問題も出てくるから、遠くまでは無理だけどね」

俺は自分達が来た方を見る。この辺りは山の裾野で、少しだけ高さがある。町の外れにまでなら温泉を引くことが出来そうだ。

「じゃあ、温泉宿はあっちらへんかな？」

「そうねぇ……まずは冒険者ギルドの近くに一軒建てましょう。それが軌道に乗ったら、差別化を図った宿を増やして行けば良いと思うわ」

「ふむふむ」

なにやら色々考えてるみたいだな。

本音を言うと、俺は温泉宿と言われてもあんまりピンときてない。これを手伝ってくれとか指示をもらったら手伝うけど、言われなきゃなにを手伝えばいいのやらって感じだ。

「そういえば、エリカはどこに住むんだ？」

「え、どういうこと？」

俺の呟きに、エリカが首を傾げた。

「いやほら、いまは宿で暮らしてるだろ？　でも、ここに定住するなら、家くらいあっても良いかなって思ってさ」

「あぁ、それならもう、シャルロットに相談してあるわ」

「…………………え？」

予想もしてなかった言葉に、俺は思わず目眩を覚えた。

「えっと……その、どういう風に相談したんだ？」

「もちろん、住む場所はどうすれば良いのかって相談したのよ。そしたら、代官としてのお屋敷を建てるから、三人で一緒に住めるって。もちろん、温泉も引いてくれるそうよ」

「そ、そうなのか。それは良かったな」

温泉をお願いするなんてちゃっかりしていると突っ込む余力もない。俺のいないところで紙一重くらいのやりとりが行われていた事実を知って魂が抜けそうだ。

「でも……ホントに良いのかしら？」

「え、良いのって……なにが？」

「ほら、あたしはアベルに誓いのキスをしてるでしょ？」

「そ、そうだな。……それで？」

「それでって……ほら、あたしとアベルがいるところにシャルロットがいて、気まずくないのかなって。シャルロットは、あたしさえよければ——って言ってくれたんだけど」

「な、なるほど。たぶん、シャルロットは平気だと思うぞ」

　俺の予想では、エリカが（あたしとアベルがイチャついているところにあなた一人だけど）三人一緒で良いの？　と聞いたところ、シャルロットが（私とアベルがイチャついているところに入ることになるけど）あなたさえよければ——って返したんだと思う。

　だから、シャルロットは大丈夫。大丈夫じゃないのは俺の方である。

　もう、ホントに心労で死んじゃう。


　——という訳で、温泉宿を建てる候補地を見て回った後、俺はエリカと別れて別行動。町長宅の近くにある、ティアを住まわせている家を訪ねた。

　コンコンとノックすると、ほどなくティアが姿を現す。

「あ、ご主人様、お帰りだよ～」

「この家はもう、ティアの物だぞ？」

「ティアはご主人様のモノだよ？」

「まぁ……良いけど、家に上げてもらっても良いかな？」

「もちろんだよ～」

ティアが笑顔で迎え入れてくれたので、俺はその後について家に上がった。

「えっと……なにか飲み物を淹れようか？」

「いや、今はそれより――」

背を向けていたティアを後ろからぎゅっと抱きしめた。

「わふぅ。……ご主人様？」

「いまはモフモフさせてくれ」

「……んっ。いきなりモフモフしたら……ふふっ。くすぐったいよぅ」

ティアが身をよじるが、俺は片手でぎゅっと抱きしめて、もう片方の手でモフモフなイヌミミを思いっきりモフる。

はぁ……物凄く触り心地が良い。

疲れ切った精神が癒やされる。俺はもっと思う存分モフろうと、床に座ってあぐらをかいた。そして、ティアを見て、ぽんぽんと自分の膝を叩いてみせる。

「……ご主人様？」

「ここに座るんだ」

「ふえぇ？　ご主人様の上に座るなんて、そんなのダメだよぅ」

「良いから、おいで」

もう一度、ゆっくりと言い聞かせるように膝を叩く。

「えっと……その、本当に、いぃの？」

「もちろん、ほらおいで」

「それじゃ……座るね」

ティアはおずおずと俺の膝の上に腰を下ろす。それからゆっくりと体重を掛けた。そんなティアのお腹に手を回して抱き寄せ、俺の胸に背中を預けさせる。

ティアの小さな身体から、暖かい温もりと甘い匂いが伝わってくる。

「はぁ……ティアは可愛いなぁ」

片手でティアを抱きしめ、もう片方の手でイヌミミをモフモフする。何度も修羅場寸前を経験してすり減った精神が癒やされていく。

「ご主人様、今日はどうしたの？　……ひゃん。ご主人様、ちょっとくすぐったい」

「あぁ、ごめん。これくらいか？」

「うん。それなら……んっ。くすぐったくないよぅ」

「そかそか。それで、話を聞いてくれるか？」

ティアがくすぐったがらないように、気を付けながらモフモフしながら問い掛ける。

「もちろん。ティアはアドバイスとか出来ないけど、それでご主人様が楽になるなら、ティアはいくらでも話を聞くよぅ」

「ありがとう。実は——」

俺は最近の紙一重だったあれこれを打ち明ける。

「……ご主人様、凄く大変そうだね」

「ああ、まさかこんな状況になるとは、最近まで思ってなかったよ」

「わふぅ……」

モフモフしていたイヌミミが、なぜかへにょんと萎《しお》れてしまう。

「ティア、どうかしたのか?」

「うぅん、なんでもないよ」

「嘘ついたって分かるんだぞ?」

イヌミミがへにょんとなってるのでバレバレだと、俺はティアのイヌミミを摘まんだ。

「ひゃ……んっ」

「ほら、白状しないと、もっと摘まんじゃうからな?」

「わふぅ……ご主人様のいじわる」

「話す気になったのか?」

「それは……んんっ。分かった。分かったから、イヌミミを摘まんじゃダメだよぅ～」

ティアがくすぐったそうに身をよじるから、俺は大丈夫だとその頭を撫でつけた。

「それで、なにを落ち込んでるんだ？」

「えっと……その。ご主人様はエリカさんやシャルロットさんに、色々とバレないようにするのが大変で疲れてるんだよね？」

「まあ……極論で言えばその通りだけど？」

「もしかして、ティアの存在も、ご主人様の迷惑になってるのかな……って」

「それは……」

たしかに、エリカやシャルロットにティアの存在がバレたら、色々とヤバイ気はする。それは疑いようもない事実で、俺は二人にティアの存在を隠してる。

だけど――

「ティアは迷惑なんかじゃないぞ」

「でも……」

「本当だ。たしかにティアの存在が二人に知られないように気は遣ってるけど、ティアの存在はそれ以上に俺を癒やしてくれるからな」

「……ホントのホント？」

「ああ、ホントのホントだ？」

「じゃあ、ティアのことが二人に知られても、ティアのこと捨てたりしない？」

「するはずないだろ。大丈夫。たとえなにがあっても、ティアのことは護ってやるから」
というか、こんなに素晴らしい癒やしのモフモフを捨てられるはずがない。だから、大丈夫だよ
――と、俺はティアをモフモフし続ける。
愛人を囲う奴ってこんな心境なんだろうな……って、ちょっと思った。

†　†　†

あれから二週間ほどが過ぎた。

そのあいだに冒険者ギルドと温泉宿、それにお屋敷の建築場所が決定し、さっそく建築が始まっている。

通常の建築には数ヶ月の期間を要するが、ダンジョンで手に入れた様々な魔導具を貸し出しているので、建築期間はかなり短縮されると予想される。

もっとも、それは重要じゃない。

スローライフを送るのが目的なんだから、建築に数ヶ月掛かるくらいはなんでもない。

重要なのは、この二週間で何度、二人に誓いのキスのダブルブッキングがバレそうになったかということ。少なくとも二桁には届いている。

バレなかったのは運がよかったのと……二人が抱えるバッドステータスのおかげだ。

日中はエリカがツンツンして心にもないことを捲し立てるし、夜はエリカが甘えた感じになって思考力が低下する。そのおかげで、死線を紙一重でくぐり抜けてきた。

……逆に言うと、俺が側にいなければ危険が危ないと重複しちゃうくらいヤバイ。だから、必然的に、俺は自分から望んで、二人のあいだに入ることになる。

その結果、俺は何度も心労で死にそうになった。

でもって、そのたびにティアをモフモフして癒やされた。俺の秘密を黙って聞いて、そのイヌミミやシッポをモフらせてくれる。

ティアがいなければ、俺はとっくに心労で死んでいただろう。

メディア様が冒険者ギルドに行けと言った理由。あのときは分からなかったけど、いまなら分かる。あれは、俺にとっての癒やしであるティアを手に入れるために必要なことだったのだ。

とはいえ、この二週間でだいぶ修羅場の危機も減ってきた。

三人でブルーレイクを統治している。その事実が定着してきたことで、過去について触れる機会が減ってきたからだ。

そんな訳で、朝食を三人で食べながらその日の方針を決定。その後、エリカとシャルロットは、それぞれが冒険者ギルドと温泉宿の建設を手伝いに行く。

俺は屋敷の現場に行ったり、二人のどちらかを手伝いに行ったりしている。

ちなみに、こういう状況だと普通、お互いが嫉妬で牽制し合ったり……とか、そういう展開がありがちな気がするんだけど……二人の場合はほとんどない。

パーティーとして組んでいたときと変わらないようにすら思える。

互いの気持ちに気付いてない――ってことは正直ないと思う。

だから、二人とも自分だけが誓いのキスのアドバンテージがあると思ってるのか、それとも別の理由があるのか……どっちにしても、二人とも一途に俺を想ってくれてるというのに、俺と来たら二股状態なのを必死に隠し続けている。

心労に続いて、罪悪感でも死にそうである。

……はあ、今日もティアをモフモフして癒やされよう。

「アベルくん、アベルくん聞いてる？」

「え、あ、なんだ？」

シャルロットに呼び掛けられて我に返る。

そういえば、朝食の場で今日の行動を決めてる最中だった。

「もう、マリーの話だよ」

「あぁ……冒険者ギルドで働くことを承諾してくれたんだろ？」

「そう。私達が同行してレベルを上げるのは良いんだけど、それだと冒険者としての経験にならないでしょ？」

「たしかになぁ……」

同行させて魔物退治を見学させるだけで、レベルに必要な経験値はポコポコ入る。だが、本来の意味での経験は不足するだろう。

「せめて、もう一人くらい、駆け出しの冒険者がいたら良いんだけどね」

「駆け出しの冒険者か……」

パッと思いついたのはティアだ。

あの子はまだ十歳くらいだけど、同い年の人間と比べると身体能力が高いし、魔物の掃討に同行してたから、レベルだって上がってるはずだ。

なにより、魔物だらけの森を一人で行き来するほどの嗅覚がある。

あの子なら適任だし、俺の頼みなら聞いてくれるけど……うぅん。

ここで『ちょうど、俺の言うことならなんでも聞くイヌミミ族の幼女がいるんだけど』なんて言ったらどうなるか……

「あたしが参加して、杖で殴るなんてどう？」

エリカの申し出に、俺とシャルロットは顔を見合わせ……同時に首を横に振った。

回復職のエリカはたしかに攻撃力が低いが、それはあくまで同レベル帯と比べれば、でしかない。

回復職のエリカが魔物を撲殺しても、マリーの経験にはならないと思う。

むしろ、トラウマかなんかになりそうな気がする。

「うぅん、人材募集でもするしかないかな？」

シャルロットの呟きに、俺はそうだなと手を打った。

平和な田舎町では、マリーのような人が例外。町の住民から応募があるかは疑問だけど、ティアに人材募集を見てきたと言わせることは可能だ。

一応、選択肢に入れておこう。

「冒険者ギルドの話はいったん置いとくね。アベルくん、昨日は屋敷の建築を手伝いに行ったって聞いたけど、どんな感じだった？」

「建築は順調だよ。重い物の運搬をアイテムボックスで手伝ったり、身体能力を一時的に引き上げる魔導具を貸し出したりしたから、だいぶ期間を短縮できるんじゃないかな」

「魔導具の貸し出しって……凄く本気だね」

「まぁ……屋敷は楽しみだからな」

二人と一緒に暮らすことで、問題が発生するかどうか、心配しないと言えば嘘になる。

だけど、そのリスクはいまもそんなに変わりない。

それより屋敷に住むようになったら、ペットを飼いたい。

具体的に言うと、俺の故郷では狩猟に犬が使われていた。そのワンコを取り寄せて、飼いたいなぁとずっと思っていたのだ。

「あ、そうだ。シャルロット、実は頼みがあるんだ。ワンコを飼いたいんだけど、屋敷が完成したら、中庭の片隅に犬小屋を作っても良いか？」

「あぁ……そういえば、ペットを飼うのは夢の一つなんだよね」

シャルロットは呟いて、なぜかそこでエリカに視線を向けた。そして、エリカもその視線を受け止め、なにか言いたげな顔をする。

「……二人ともどうかしたのか？」

「ううん、なんでもないよ。私はもちろんかまわないよ。エリカも大丈夫だよね？」

「ええ、もちろん。あたしもペットなら、平気よ」

——よしっ！　いままで、田舎でのスローライフとか言いながら斜め上に向かってたけど、初めて夢に一歩近付いた気がする。

今度、ワンコを取り寄せよう。

「じゃあ、アベルの方も問題ないってことで……次、エリカの温泉宿はどうなってるの？」

「温泉宿も順調よ。このあいだシャルロットが岩場を魔術で削ってくれたから、作業がずいぶんとはかどってるわ。ひとまず、簡易の露天風呂は完成してるわよ。入ってみる？」

「わあ、楽しそうだね。じゃあ、後で入ってみようかな」

シャルロットが温泉に食いついた。もともと貴族や富豪はお風呂に入るから、シャルロットは温泉に関心があるみたいだ。

かくいう俺も、何度か天然の温泉に浸かって、その良さを実感しつつある。

俺もまた時間のあるときに入りに行こうかな……なんて、暢気《のんき》なことを考えながら、朝食を終える。でもって、俺達は解散して、いつものように別行動を始めた。

◇◇◇

朝食を三人で終えた後。

エリカがある予感を抱いて食堂に戻ると、同じようにシャルロットも食堂に戻ってきた。

「やっぱり、戻ってきたわね」

「そういうエリカこそ。私と同じ理由かな?」

「たぶん、同じだと思うわよ」

定例となりつつある、朝食を兼ねた話し合いの席で、アベルがペットを飼いたいと言った。

もちろん、それ自体はなんの問題もない。

問題はアベルの夢の内容。愛する奥さんとペットがワンセットであることだ。イヌを飼おうとしているということは、アベルはこの町で夢を叶えようとしている。

つまり、アベルは奥さんも欲している。

それを理解した瞬間、エリカはシャルロットを見て――シャルロットもまたエリカを見た。

「前からずっと、そうじゃないかと思ってたわ」

エリカがまず火蓋を切った。

「それは私のセリフだよ。あなたがアベルくんのことを散々と罵ったときは、私の勘が鈍ったのかなって疑ったりもしたけど……間違ってなかったんだね」

「そうね。あたしはアベルのことが好きよ。そして、シャルロット。あなたもそうなのね」

この町で再会したときから疑っていたが、もはや疑う余地はない。シャルロットはエリカと同じ感情をアベルに向けている。エリカにとって最大のライバルなのだ。

それを理解し、じっと見つめ合う。

「……シャルロット。あたしはあなたのことが嫌いじゃないわ」

「私も、あなたのまっすぐなところが好きよ」

互いに互いを褒め合っている。

にもかかわらず、二人の視線には火花が散っている。周囲で野次馬をしていた者達は、言葉に出来ない迫力に身を震わせた。

「ハッキリ言っておくわ。アベルと最初に仲間になったのはあたしよ」

「ふふっ。それはつまり、恋人の座は私に譲ってくれるってことかな？」

エリカが喧嘩をふっかけ、シャルロットが即座に応戦する。

「そんな訳ないでしょ。アベルの夢を叶えるのはあたしよ」

「あら？　アベルくんの夢ってたしか、田舎町に一戸建ての家を建てて、愛するシャルロットやペットと暮らすことだよね？」

「ふざけないでよね。アベルの夢は田舎町に一戸建ての家を建てて、愛するエリカやペットと暮らすことよ。勝手にアベルの夢をねじ曲げないで」

二人は真っ黒なオーラを撒き散らしながら睨み合う。

攻撃魔術が得意なシャルロットはともかく、聖女たるエリカが真っ黒なオーラを垂れ流すのはいかがなものか……

なんて突っ込める者がいるはずもなく、野次馬をしていた者達は恐怖で呼吸困難に陥った。

「シャルロット、あなたには負けない。奥さん枠に収まるのはあたしよ」

「私だって負けるつもりはないよ。奥さん枠に収まるのは私だから」

「良いわ。そういうことなら勝負しましょう」

「もちろん、受けて立つよ」

シャルロットとエリカは視線を合わせて火花を散らす。

「ルールは無用」

「抜け駆けはありね」

さも当然のように、互いに恐ろしい提案をする。周囲で耳を傾けていた者達が戦慄するが、二人はいたって本気である。

ただし、周囲の人間が想像したような凄惨な戦いを繰り広げるつもりはない。

なぜなら、アベルは気配りが上手で、周囲のことをよく観察している。当然、自分とシャルロットが牽制し合っていることにも気付いている――と、エリカは思い込んでいる。

前者はともかく、後者は完全に誤解なのだが……とにかく、エリカは思い込んでいる。

それなのにシャルロットと争ったりしたら、アベルはそれを負担に感じるだろう。そうなったら、自分の首を絞めることになる。

だから、エリカは決して道を踏み外さない。そのうえで、シャルロットに道を踏み外させるために、ルールは無用だと言い放ったのだ。

もっとも、シャルロットは即座に抜け駆けがありだと返してきたので、間違いなく同じことを考えている。どちらも自滅しないのであれば、正攻法で戦うことになる。

アベルの苦難はまだ始まってすらいなかった。

†††

「え、もうすぐ誕生日なのか？」

「うん、ティアの誕生日は三日後だよ……だよ？」

ティアの家のリビング。

膝の上にちょこんと座るティアが、背中越しに俺を見上げながら誕生日を告げた。モフモフのご主人様としては、なにかプレゼントをあげないと。

「ティアはなにか欲しいものとかないか？」

「ティア、ご主人様がいてくれたらそれで良いよぅ」

「あぁもう、いじらしいな。ティアは」

モフモフモフモフと、ティアのイヌミミをモフり倒す。

「わ、わふぅ。だって、ティアのお父さん、いなくなっちゃったから……」

ポロリとこぼれ落ちたような本音。

俺はティアの父親が他界していることを思い出した。

「……お父さんって、どんな人だったんだ？」

「ティアはお父さんのこと、あんまり覚えてないんだぁ……」

「そう、なんだ」

いまのティアは十歳くらい。覚えてないとなると、かなり幼い頃にお父さんは亡くなっているんだろう。あまり、父親の愛情を知らずに育ったのかもしれない。

「あ、でもでも、ご主人様みたいに、ティアの毛並みをお手入れしてくれたのは覚えてるよ」

「毛並みのお手入れ……それだっ！」

「わふっ？」

ティアの身体がビクッと跳ねた。

「あぁ、ごめんごめん。なんでもない。ティアにプレゼントを思いついただけだから」

「ティアにプレゼント……くれるの?」

「ああ、誕生日までに必ず用意しておくから楽しみにしててくれよ」

俺はそう言って、ティアのイヌミミを優しく撫でつけた。


ティアと別れたあと、俺は町長宅にいるマリーを訪ねた。

「あら、お兄さん。今日はどうしたのかしら?」

「実はもうすぐティアの誕生日でな。プレゼントを贈りたいんだが、この町にそういった品を扱っているお店ってあるか?」

「小物屋さんならあるけど……ティアにプレゼントをするの?」

「そのつもりだけど……なにか問題があるか?」

なにか言いたげなマリーの表情が気になって尋ねる。

「ティアにプレゼントすること自体は問題ないけど……シャルロット様やエリカさんの誕生日をちゃんと把握しているのかなって思ったのよ」

「な、なんでそこで二人の名前が出てくるんだ?」

「どうしてって……正妻と愛人でしょ?」

「酷い誤解だっ!」

思わず声を荒らげてしまうが、マリーはどこ吹く風だ。

「あら、愛人と正妻だったかしら？」

「いや、順番の問題じゃなくて……」

「え、まさか……両方とも愛人なの？」

「愛人から離れろっ！　そもそも、どうして俺が二股を掛けている前提なんだよ」

「……え？」

今更なにを言ってるのかしらこの人、みたいな顔で見られた。

「信じられない気持ちはよぉく分かるが事実だ」

「でも、明らかに愛されてるでしょ？」

「二人に告白はされたよ」

俺は素直に事情を打ち明けることにした。

もちろん、誓いのキスのダブルブッキングなんかは伏せるけど、ある程度なら問題ない。マリーや町長の口が堅いのは、ティアの件で確認済みだ。

むしろ、ここで味方に引き入れておいた方が得だと判断した。

「告白はされたけど二股は掛けてない？　どちらかを選んだってことかしら？　二人の態度を見る限り、そういう風には見えなかったけど」

「いや、返事をしてないってこと」

「あらあら、決断できないヘタレなお兄さん、だったのね」

「色々事情があるんだよ。詳しくは言えないけど……って、この話、オフレコだからな？」

「ええ、分かってるわ。下手に修羅場に陥られて、この町の管理がおろそかになっても困るし、なにも聞かなかったことにしてあげる」

「助かるよ」

とまぁそんな感じでマリーを抱き込むことに成功。

俺は小物屋さんの場所を聞き出して、さっそくそのお店へと向かった。


「すみません～」

「いらっしゃい……って、おや？　あなたはアベルさんではありませんか」

「俺を知ってるのか？」

「ええ、このあいだの町会議の席でお会いしました。たくさんの人がいましたので、アベルさんは私を見てはいないかもしれませんが」

「なるほど、あのときか」

ブルーレイクが直轄領になったので、シャルロットや俺があれこれ説明したことがあった。あのとき、色々な人が集まっていたので、その中にいたんだろう。

「それで、アベルさんはなにをお探しですか？」

「実は女の子にクシを贈りたくてな。なにか、良い物はないかな？」

「クシはございますが……」

店主が言葉を濁して一角を指差す。

それを見た俺は、店主が言葉を濁した理由を理解する。そこに並んでいるのは、なんの飾りっ気もない、ごくごくシンプルなクシでしかなかった。

「プレゼント向けなのは、ないってことか？」

「なにぶん小さな町ですので、申し訳ございません」

「ふむぅ……」

あらためて見るが、本当に飾りっ気がない。

しかも、そこまで丁寧な作りというわけでもない。良く言えば庶民が気軽に買える、悪く言えば粗雑なクシ。ティアの美しい毛並みには相応しくない。

「ちなみに、三日でプレゼント用のクシを作ることは可能か？　もちろん、それ相応の報酬を支払うのが前提だが……どうだ？」

「そう、ですね。制作期間としては問題ありません。ただ、アベルさんならご存じだと思いますが、いまは良い木材が回ってこないんです」

「ああ……なるほど」

ギルドや屋敷、それに温泉宿関連で木材を使いまくってるからな。他の町からも木材を買い付けているのが現状で、木材不足に陥っているんだろう。

もちろん、俺が手を回せば、クシを作る程度の木材はすぐ手に入るけど……

「なあ、木材以外でも加工できるか？」

「木材以外というと、どのような物でしょう？」

「魔物の角とか」

「ま、魔物の角ですか？　それはちょっと、加工する工具がありません」

「工具があれば可能か？」

「それは……おそらく」

「なら問題ない。素材はダンジョンに潜って取ってくる」

「え、いまから狩りに行かれるので？」

「心配するな。夕方までには戻ってくる。工具を渡しておくから、いまのうちに触って慣れておいてくれ。これなら、魔物の硬い素材でも木材みたいに加工できるはずだから」

アイテムボックスの奥から装備を手入れするための工具を取り出して渡す。

「わ、分かりました。それでは、お気を付けて」


小物屋さんを後にした俺はまず、昼食を食べるべく食堂へとやって来た。

ここで昼ご飯を食べながら、午後の予定を二人と話し合うのが最近の日課。今日もその例に漏れずに、二人が建築の進捗状況について話している。

「それでね。魔物のドロップアイテムをお守りにして、大切な人にプレゼントするのがこの町で流行ってるんだって」

――否。シャルロットが話してるのは噂話みたいだ。

「へぇ。でもそれ、ダンジョンに狩りに行くってことでしょ？　一般人が勝手にダンジョンに行くのって、少し危険じゃない？」

エリカが眉をひそめた。

「うん、かなり危険だと思う。だから、その旨を伝達してもらったよ。ただ、そういっても聞かない人もいるかもだから、早くギルドを機能させないと、住民に被害が出るかもしれないね」

魔石は綺麗だからお守りにしようって気持ちは分かるけど、お守りを手に入れるために大怪我をしたりしたら目も当てられない。

早々に冒険者以外の立ち入りを制限した方が良さそうだな……なんてことを考えながら、俺は鶏肉を口の中に放り込んだ。

口の中にぶわっと肉汁が広がる。香辛料なんかが手に入りにくいからか薄味だけど、焼き加減が絶妙だ。やっぱり、この食堂の料理人はなかなかの腕前だな。

「……アベルくん？」

「え、なにか言ったか？」

シャルロットにつつかれて我に返る。

「冒険者ギルドの話よ。アベルくんは冒険者ギルドを見ててくれたのよね？」

「ああ。午前中の話だな。ちゃんと見てたぞ。内装はまだだから特に口を出すところはないんだけど、この調子でいけばちゃんと使いやすい冒険者ギルドが完成するはずだ」

ちなみに、出任せではない。

ティアをモフモフしに行くまでは、ちゃんと冒険者ギルドの建築現場で監督をしていた。あれはちょっとした息抜き……癒やしタイムである。

「じゃあ……午後も冒険者ギルド？」

「いや、午後はちょっとダンジョンに潜ってくる。だから、ダンジョンへの立ち入り制限の話なら、冒険者ギルドの作業員に伝えておくけど？」

「ありがとう、それじゃお願いするね。……ところで、ダンジョンになにをしに行くの？」

「あぁ、ちょっと素材を取りに行くつもりだ」

「素材？　なにを取りに行くの？　もしかしたら、私のアイテムボックスにあるかもだよ？」

「あぁ、いや、贈り物に使うから、自分で取りに行くつもりなんだ」

俺の何気ない一言に――

「へぇ、アベルくんが」

「贈り物……」

シャルロットとエリカがぽつりと呟いた。

って、なにその反応。俺だって誕生日プレゼントとか日頃のお礼とか、贈り物くらいするぞ？

「ねぇ、アベルくん。その素材集め、私も手伝ってあげる」

「もちろん、あたしも手伝うわよ」

「はい？　えっと……」

別にそんなに深くまで潜るつもりはない。一層や二層程度なら、俺一人でも万一はない。わざわざ手伝ってもらうほどじゃないんだけどな……

なんて、のんきに考えられたのはこの瞬間までだった。

「アベルくんが自分でって気持ちは嬉しいけど、私と一緒に集めるのも楽しいでしょ？」

「そうよね。あたしと一緒に素材集めをした方が思い出になるわよね」

意味が分からない。

……いや、嘘だ。意味が分かったからこそ、分かりたくなかった。

――この二人、自分へのプレゼントだと思ってやがる！

そういや、さっきシャルロットが大切な人に魔石をプレゼントするのが流行ってるとか言ってたもんな。その流れでプレゼント用の素材を取りに行くなんて言ったら、勘違いされても仕方ない。

……くっ、どうする？

二人に日頃の感謝の気持ちを込めてプレゼントするのは構わない。というか、それくらいはしてあげたいって気持ちはある。

ただ、町で流行ってるのは、大切な人へのプレゼント。

それなのに、二人にプレゼントなんて、二股状態の言い訳が出来なくなる。

しかも、どっちを選ぶのとか詰め寄られて、『こっちは、誓いのキスをしてるんだから』なんて言い争いが起きたら、確実に修羅場は戦争へと発展する。

だけど、だけど……だ。

ここで、『いや、二人へのプレゼントじゃないんだ』なんて言ったら、『じゃあ……誰？』とか言われて、二方面から宣戦布告される。

なんとかして、なんとかしてこの場を切り抜けないと！

「それで……」

「アベルはどうするの？」

なにをとは言ってないのに、言いようのない迫力がある。誇張でも比喩でもなく、食堂の温度が下がった気がする。

ここしばらく、ときどき——というか二回に一回くらい。つまり朝昼晩の食事で一、二回はある現象に、周囲の客が離れた席に退避する。

俺も逃げ出したいけど……無理そうだ。

必死に考えて考えて考えた末に、俺は——

「じゃ、じゃあ、久しぶりに三人でダンジョンに行こうか」

問題を先送りにした。

†　†　†

些細な行動が取り返しのつかない現象を引き起こす。そんなことは分かっていたはずなのに、分かっていながらつまらないミスをした。

その結果がこれなのか……と、俺は三層にフロアボスがドロップしたアイテムを見て、思わず天を仰いだ。

事の発端は……たぶん、一層の敵が落とす素材で良しとしなかったことだろう。

一層の敵なんて俺達にとっては雑魚も同然で、そいつらの素材だと物足りないと考えた。

考えて……しまった。

そして一層のボスを倒した直後、俺は自分がミスを犯したのだと理解した。一層のボスが、レアドロップである防御力アップの指輪をドロップしてしまったからだ。

俺達にとっては、大した価値のない低級のマジックアイテム。

だが……ダンジョンのドロップ品で作ったお守りを、想い人にプレゼントする。そんな噂が流れている状況では、おそらく最適なプレゼントである。

だが……レアドロップは当然ながら一つだけ。そして一度倒した階層ボスは、数日単位で再ポップしないのが普通。

つまり、このまま狩りを切り上げると、エリカとシャルロット、どっちに指輪をプレゼントするのかという修羅場が待っている。

そんな状況は死にたくないからごめんだ。

打開するには、まったく同じ指輪をもう一つ入手するか、もしくは指輪より高級なマジックアイテムを二つ入手しなくてはいけない。

一層のボスは三層の雑魚相当なので、三層まで到達すればなんとかなる――と、このときの俺は比較的楽観していた。

だが、二層の雑魚を蹴散らして対峙した二層のボス。

さぁこいつを倒して三層まで行くぞと意気込んで蹴散らすと、またもやレアドロップのマジックアイテムをドロップしてしまったのだ。

しかも、ドロップしたのはよりにもよって、護りの力が先ほどより強力な指輪。

これがネックレスとかであれば、護りの力は弱いけど指輪なのと、護りの力は強いけどネックレスで、どっちもプレゼントとして甲乙付けがたいと誤魔化せたかもしれない。

だが、明らかに二層のボスのドロップの方が優れている。

これでは、どちらか一人にプレゼントを贈るよりも角が立つ。

こうなったら四層まで行ってやらぁ！　と、俺はちょっと自棄《やけ》になって、三層の雑魚を蹴散らして、見つけ出した三層のボスと戦った。

その結果……またもやレアドロップの指輪が出現した。

通常であれば、ボスのレアドロップ三連続なんてすげぇっ！　と歓喜するところだが、今回ばかりは神のイタズラを恨まずにはいられない。

俺達の実力を考えれば、五層の雑魚を狩り続けることだって可能だけど、さすがにここまで来るのに時間が掛かりすぎている。

ましてや、四層のボスがまたレアドロップしないとも限らない。どこまで行けば、二人に公平なプレゼントを出来ることになるのやら……である。

そもそも、本来の目的はティアの誕生日プレゼントに必要な素材を得ることだ。ここは二人に対等のプレゼントを贈る以外の逃げ道を探すべきかもしれない。

たとえば、この場でエリカとシャルロットのどちらかにだけプレゼントを贈ると公言する……のは、ダンジョンで行方不明者が出そうだから却下。

だけど、二人以外の誰かにプレゼントだと公言する……のも、やっぱり俺がダンジョンから生きて帰れない気がするから却下。

他に方法は……ダメだ、万策尽きた。

もしかしたら、俺はこのダンジョンから生きて帰れないかもしれない……と、そんな風に考えて下を向く。そんな俺の腕を、エリカが引っ張ってきた。

「アベル、もしかしてどこか怪我をしたのかしら？」

「え、いや、大丈夫だ」

「そう？　なら良いけど……ここまで強行軍だったから、少し休憩にしましょう」

「あ、あぁ……そうだな」

根を詰めすぎたら、思いつくモノも思いつかない。

俺はエリカの提案を受け入れ、ボスが出現した岩場の隅っこ。平らな場所にアイテムボックスから出した簡易テーブルセットを設置する。

そんなわけで唐突に開催されたティータイム。

シャルロットがお花を摘みに席を外し、岩陰へと消える。そのときを見計らったかのように、エリカが「ところで――」と切り出した。

「アベルがプレゼントを贈ろうとしてる相手、あたしじゃないのよね？」

「え……」

二人とも、自分が贈り物をもらう相手だと思い込んでいる。だから、修羅場勃発のピンチだと心労に苛《さいな》まれていた俺は、エリカの言葉に目を見開いた。

「そんな顔をしなくても分かってるわ。だって、あたしの誕生日はまだまだ先だし、アベルとあたしが出会った記念日とかでもないでしょ？」

「まぁ……そうだな」

いや、出会った記念日とか覚えてないけど。

「だから、素材集めについて来たのは、アベルがあたし以外の誰かにプレゼントしても、あたしは、気にしたりしないわっていう意思表示よ」

「そう、なのか？」

予想外の展開に、俺は心の底から驚いた。

これなら修羅場にならないで済むかもしれない。

「シャルロットも大切な仲間だもの。あたしはそれで怒るほど狭量じゃないわ。もちろん、ちょっぴりは焼いちゃうけど……ね？」

イタズラっぽく微笑む。エリカが凄く可愛いと感じた。

「ただいま～。って、なにを話してたの？」

戻ってきたシャルロットが俺達を見て小首をかしげる。エリカに見とれていた俺は、慌てて視線を引き剝がした。

「なんでもないわ。っと、あたしもちょっと席を外すわね」

こちらもお花摘みらしい。

俺は行ってらっしゃいとその後ろ姿を見送った。

ちなみに、エリカも手ぶらである。

最初の頃は俺が簡易トイレをアイテムボックスに入れて預かっていたんだけど、二人とも俺に預けるのは嫌だと気合いでアイテムボックスのスキルを覚えたという経緯がある。

「ねぇ、アベルくん。今のうちに言っておきたいことがあるの」

おもむろに、シャルロットがそんなことを言う。

デジャブなのは気のせいかと考えたその直後、シャルロットは「アベルくんがプレゼントを贈る相手は、私じゃないんだよね」と続けた。

「……気付いてたのか？」

「うん。私の誕生日でも、アベルくんと私の記念日でもないしね」

「そうだな……」

というか、記念日は覚えておかなきゃいけないのか？　俺、出会った日の出来事は覚えてるけど、日にちなんて覚えてないぞ……

もしかして、それが原因でいつか修羅場になったりするのだろうか？

分かんないけど、ひとまずその話は置いておこう。いくらエリカと同じ話の内容だからって、聞き流してたらシャルロットに悪い。

「――だからね。私がアベルくんについてきたのは、エリカへのプレゼントだったとしても、私は手伝うよっていう意思表示だよ。私はそんなに狭量じゃないからね」

パチリとウィンクをするシャルロットが物凄く可愛い。

二人とも、本当に思い遣りのある女の子だ。

俺がいまだに心労で死なずに済んでるのは、二人が優しいからだと思う。

告白されながらも保留にしたままなのに、我慢強く俺に接してくれている。本当に、二人とも俺にはもったいないくらい優しい女の子だ。

ちゃんと、誠意を持って答えを出さないとな。

そんな風に考えていたそのとき――

「ひゃああああああっ!?」

いきなり、エリカの悲鳴が響いた。

何事かと立ち上がると、全身ずぶ濡れになったエリカが駆け寄ってくる。それを目の当たりにした俺は、バッとエリカから視線を逸らした。

「ちょ、エリカ？　どうしちゃったのよっ!?」

「大変よ、大変、裏ボスが発生したわ！」

「裏ボス？　おぉ……マジだ」

ボスがいた辺りに、全長数メートルのシルエットが浮かんでいる。レッサードラゴンらしき魔物が出現しようとしているようだ。

ちなみに、裏ボスというのは階層のボスよりも少し強い敵で、階層ボスを倒した後に発生することがある。魔力素子《マナ》が飽和しているときに発生しやすいそうだが……

「階層ボスよりちょっと強い程度だし、実体化するまで数分は余裕がある。そこまで慌てなくても

良かったんじゃないか……？」

「し、仕方ないじゃない、びっくりしたんだからっ！」

「いやまぁ、気持ちは分かるけどな……」

俺は明後日の方を向いていた視線をエリカの上半身へと向けた。いつもの金髪ツインテールはほどかれ、水に濡れて白く珠のような肌に張り付いている。

どうやら、エリカの所用はお花摘みではなく、シャワーだったようだ。張り付いた髪の毛で胸はかろうじて隠れているが――

「こーら、アベルくん。視線を下に向けないの」

「はい」

シャルロットに指摘され、俺は再び視線を上げた。

なお、そんな俺達のやりとりで自分が服を着ていないことを思い出したのだろう。

エリカの顔が真っ赤に染まり――

「ア、アベルのエッチ、変態、こっちみんなっ！」

「いや、お前の背後には出現間近の裏ボスがいるんだぞ……？」

むしろ、エリカが俺の背後に逃げるべきだと思う。

「黙りなさいっ！　死んじゃえっ、ばかっ！　あっち向けっ！」

髪を下ろしたずぶ濡れエリカ（涙目）が可愛い――とか言ったら殺されそうだから、俺は大人しくそっぽを向いた。レッサードラゴンがまだ出現しないことを祈ろう。

なんて思ったのがいけなかったのか、レッサードラゴンが咆哮した。

「……エリカ、時間がなさそうなんだが？」

「ま、まだ身体を拭いてないのよっ」

「そんな悠長《ゆうちょう》な……」

レッサードラゴンなら勝てない敵じゃないけど、さすがに素っ裸でブレスを喰らったりしたら不味いし、俺も明後日の方を向いたまま戦うのは厳しい。

「エリカ、こっち。そこにいたら、ドラゴンに視姦されるわよ？」

「わ、分かったわよ」

なんだその忠告はって思ったけど、エリカは素直に従った。

エリカが移動したことを確認した俺は、レッサードラゴンに視線を向ける。実体化は終了したようで、いますぐにでも襲いかかってきそうな雰囲気だ。

俺は簡易テーブルセットをアイテムボックスに片付け、代わりに愛用の剣を引き抜く。

「シャルロットはエリカのことを頼む」

「任せて。アベル……気を付けてね」

「ああ、心配するな。……行くぞっ！」

剣を腰だめに構え、ドラゴンに向かって駆け出す。

俺の敵対行動を感知したドラゴンが大きく息を吸い込んだ。いきなりブレスを放つつもりだ。回避するだけなら簡単だが、背後にいた二人はまだ退避していないだろう。

俺はその場で足を止め、大きく剣を振りかぶった。

†††

ドラゴンがブレスを放った。

レッサードラゴンにもいくつかタイプがあるがこいつは赤色、火属性のドラゴンだ。当然放たれたのも炎のブレスで、まともに食らえば火傷じゃ済まない。

だけど、俺も同時に剣を振り抜いた。

スキル名、エアスラッシュ。大気を斬り裂き、遠くの敵を牽制する初歩的なスキルだが、高レベルの俺が放つと威力は格段に跳ね上がる。

風の刃が炎を斬り裂き、ドラゴンの鼻っ面を斬り裂いた。レッサードラゴンが痛みに顔をそむけ、ブレスは明後日の方へとそれる。

その一瞬の隙に側面へと飛び込み、エリカやシャルロットを射線から外す。レッサードラゴンが振り向きざまに前足を振るうが、俺は更に斜め後方へ回り込む。

再び振り向こうとするドラゴンの出足を剣で斬り裂いた。

「――っ」

俺はとっさに飛び下がった。直前まで俺のいた空間を、鋭い爪が切り裂く。俺が切りつけた足を軸に、レッサードラゴンが前足を振るったのだ。

レッサーといえどもドラゴン。

俺の剣は鱗に阻まれ、足の腱を切るには至らなかったらしい。

「アベルくんっ！」

声に反応してちらりと視線を向ければ、シャルロットが杖を構えていた。

「止めろ、タゲがそっちに飛んだらどうするっ！」

いまの俺は二人から見て、ドラゴンより遠い位置にいる。ドラゴンがいきなり二人の方に向かったら、止めるのが間に合わないかもしれない。

「大丈夫、一撃で仕留めるから。それに、もしものときはアベルくんを信じてるから！」

「いや、その俺が危ないって言ってるんだが――って、聞いちゃいねぇ」

シャルロットが高らかに詠唱を始める。更にはそれを後押しするように、すっぽりとローブを被ったエリカが強化魔法を使った。

エリカのローブが風にはためき、足下の魔法陣が光を放つ。

淡い光が、シャルロットを包み込んだ。

魔術の威力を上げる強化魔術だったのだろう。シャルロットの足下に広がる魔法陣がひときわ輝きを増し、周囲がパチパチと帯電を始める。

雷系の魔術を使うつもりらしい。

レッサードラゴンの攻撃をかいくぐりながらそれを理解した俺は、前足での攻撃をギリギリで回避。その腕を踏み台にして顔に飛び乗り、その瞳に剣を突き立てた。

レッサードラゴンが悲鳴を上げて俺を振り落とす。

為す術《すべ》もなく吹き飛ばされた俺は空中で無防備を晒すことになるが——俺の視線の先では、シャルロットがレッサードラゴンに杖を突きつけている。

「いまだっ！」

「——ラァイトニングゥゥボルトッッッ！」

シャルロットの杖から放たれた雷が俺の横を駆け抜け、レッサードラゴンに突き立てられた剣へと吸い込まれる。レッサードラゴンの全身から放電現象が発生する。

レッサードラゴンは身体を硬直させ、ドサリと倒れ伏した。

それでも俺は油断なく剣を構えるが、やがてレッサードラゴンは光の粒子となって散っていった。

経験値が俺達に降り注ぎ、足下にはドロップの大きな魔石と、ドラゴンの角が残った。

……って、角！　これでティアのクシが作れる！

報酬は人数割りが普通だから、他は渡してこの角は俺がもらえるように交渉しよう。ドロップ品をアイテムボックスに片付けた俺は、喜び勇んで二人のもとへと戻った。

「……って、エリカ、お前なんて恰好をしてるんだ」

俺がローブだと思い込んでいたのは膝丈のポンチョだった。髪は濡れたままで、太ももから下は剥き出しだし、胸元もわりと開いている。

どう考えても、その下は素っ裸。

そんな恰好で、魔術を使って服をはためかせてたとか……ちょっと見たかった。

「……アベルくん？」

「いえ、なんでもありません」

シャルロットの瞳が逆三角形になってたので慌てて後ろを向く。そのままエリカが服を着るのを待って準備は完了。俺達は町へと帰還した。

――その後、二人にお礼を言ってアイテムの分配をした俺は、急いで小物屋さんに突撃。ティアへプレゼントするクシの他に、エリカとシャルロット用の贈り物も制作を依頼する。

そして待つこと三日、俺は三人分のプレゼントを小物屋さんから受け取った。

そして――

「シャルロット、これ……受け取ってくれ」

お屋敷の建築現場へと向かおうとするシャルロットを引き留め、プレゼントの手鏡を渡す。

「え、これってもしかして、下地はドラゴンの角？」

「ああ。このあいだ手に入れた素材で作った」

「それじゃ、これって――」

「そうだよ。素材集めを手伝ってくれたお礼だ」

「え、お礼？　あ、あぁ……そうなんだ」

なぜかシャルロットが言葉を濁す。

「えっと……もしかして、必要なかったか？」

「ううん、そんなことないよ。凄く嬉しいよ、ありがとうね」

シャルロットが透明な微笑みを浮かべた。

それを確認した俺は、軽く挨拶をしてその場を離れる。

そして――


「エリカ、これ……受け取ってくれ」

温泉宿の建築現場へと向かおうとするエリカを引き留め、プレゼントの手鏡を渡す。

「あら、これって……ドラゴンの角を使ってるのね」

「ああ。このあいだ手に入れた素材で作った」

「じゃ、じゃあ、これは――」

「ああ、素材集めを手伝ってくれたお礼だ」

「は？　お礼？　あ、あぁ……そう、なのね」

なぜかシャルロットと同じような反応をする。

というか、受け答えがほとんど同じだ。

「なにか問題あったか？」

「え？　うぅん、そういう訳じゃないんだけど……えっと、ありがとう。嬉しいわ」

エリカがふわりと微笑んだ。

けど、ツンデレのバッドステータスは発動しなかった。いまは朝だから、照れたらツンツンするはずなんだけど……もしかして、あんまり嬉しくなかったのかな？

――と、そんなことを考えながら、俺はエリカの前から立ち去った。

◇◇◇

エリカは敗北感を抱いていた。

だが、まだ負けたわけではない。そんな風に自分を奮い立たせて温泉宿の建築作業を進めていると、シャルロットがやって来た。

「……今回はあたしの負けね」

エリカがぽつりと呟くと、シャルロットが意外そうな顔をした。

「なによ？　あたしだって、素直に負けを認めるわよ？　もちろん、あくまでも今回は、だけど」

エリカは自分が対象じゃなかったときのことを考えて、プレッシャーを感じているっぽいアベルに対して、自分はもらえなくても平気だとフォローを入れた。

だから、今回の一件では、自分の想いが重いとは思われていないと確信している。本命のプレゼントはもらえなかったけど、自分はまだ負けたわけじゃないと胸を張る。

だが――

「そうじゃなくて、あなたの負けってどういうこと？」

シャルロットの口から零《こぼ》れたのは、別の疑問だった。

「アベルはあたしに手鏡をプレゼントしてくれたけど、素材集めのお礼だって言ってたわ」

それはつまり、集めた素材をプレゼントする本来の相手は別にいると言うことだ。そして、自分じゃなければ、プレゼントの相手はシャルロットしか考えられない。

そう思ったのだけど――

「私も手鏡をもらったわ。アベルくんは、素材集めのお礼だって言ってたよ」

シャルロットの言葉に息を呑む。

本命のプレゼントを贈る相手は、自分でもシャルロットでもなかった。

だとしたら――

「……誰？」

エリカとシャルロットは真っ黒なオーラをその身に纏い、緊急対策会議を始めた。

◇◇◇

ギルドの建築を手伝ったり、マリーにギルドの受付に必要なノウハウを教えたり。俺は町でスローライフを過ごすために、あれこれがんばった。

そして夕食後。

ティアのもとへプレゼントを届けようと、宿の部屋を出たところでエリカと鉢合わせした。

どうやら温泉に行くつもりのようで、一緒に行こうと誘われた。

ティアは後でも大丈夫だし、断ったら怪しまれる。なにより、見張り役を交代でやって温泉に入るのは何度か経験しているので快諾したのだが――

今日できたばかりの小さいお風呂を前に、エリカが言い放った。

「今日は一緒に入るわよ」――と。

「……はい？　急に、なにを言い出すんだ？」

「なにって、混浴よ、混浴。一緒に入るわよ」

「……マジで意味が分からん。もしかして、ツンデレが発動してるのか？」

俺と一緒に入りたくないあまりにツンデレが発動して、一緒に入りたいって口にしたとか……自分で言っててないなって思ったけど、他に状況を説明できない。

「夜だからツンデレは発動してないわ。でもツンデレが発動してなくたって恥ずかしいものは恥ずかしいんだから、あんまり何度も言わせないでよね」

「そうは言われても。一緒にお風呂に入るって、意味分かんないだろ」

「アベル、温泉はあたしが元いた世界、日本って国の伝統だってことは話したわよね？」

「それは聞いたけど……？」

だからなんだと首を傾げる。

「日本には、お風呂に入るためのルールがいくつかあるの」

「ルール？　このあいだ言ってた、かけ湯をしなくてはいけないとかいう奴か？」

「そうよ。ほかにも、タオルをお湯に浸けてはいけない。混浴を望まれたら断ってはならないっていうのがあるの。だから、アベルはあたしの誘いを断っちゃダメなのよ」

「……はい？　混浴を望まれたら、断っちゃダメ？」

「そうよ。それが日本に昔から伝わるルールよ」

エリカが真顔で頷く。

「……いや、いくらなんでも嘘だろ？」

「もちろん、そのルールが適用されるのは女子から男子だけだし、他にも条件はあるわ。でも、アベルはその条件に当てはまるの」

「……マジで？」

「マジもマジ、大マジよ」

「マジなのか……」

そんな意味不明なルールがあるなんて、日本って変な国なんだな……

「という訳だから、大人しくあたしと混浴しなさいよね！」

「……いやいや。それが日本のルールだとしても、この世界で適用する必要はないだろ」

というか、冗談ではない。

いや、そりゃ俺だって男だから、エリカとの混浴が嫌って訳じゃない。興味はある。だけど、だ。

エリカと混浴してるときにシャルロットが来たら俺の人生が終わる。

そうじゃなくても、さっきの混浴は楽しかったわね。とか言われたら死んじゃう。ただでさえ詰みそうな人生を綱渡りで生きてるのに、自分から窮地に飛び込みたくない。

というか、そういうことを考えるのもヤバイ気がする。

こういうことを考えてると大抵——

「二人とも、良い夜だね」

「ほらきたああああっ！」

シャルロットの登場に、俺は思わず叫んでしまった。

「え、なに？　いきなりどうしたの？」

「いや、その……なんでもない」

まさかここで、混浴に誘われてたなんて言えるはずがない。いや、言うだけなら出来るけど、その時点で俺の人生がむちゃくちゃになる。そんな自殺行為はごめんだ。

「い、いや、実はエリカの故郷には、混浴するっていう変わったルールがあるらしくてな」

「へぇ～、混浴に誘われてたんだ？」

シャルロットはなぜだかあんまり驚いてなさそうな顔で呟いて、エリカへと視線を向けた。

——っていうか、失言。いまの失言だった。

取り消させて欲しい。

いや、無理だな。こうなったらエリカの誤魔化しに期待するしかない。

大丈夫、エリカだって、空気を読むことは出来る。ちゃんと誤魔化してくれるはず。

「ええ、そうよ。アベルを誘ってたのよ」

だあああかあああああらあああああっ、なんで言っちゃうんですかねえええええぇぇぇえぇぇっ！

「そっか、じゃあ私も入ろうかな」

「……は？　え、なに？　なんだって？」

いまの聞き間違いだよな？　俺のことが好き云々を抜きにしたって、年ごろの男女の混浴を認めるなんて、いくらなんでもありえない。

「私も入ろうかなって言ったのよ。三人で入るのも楽しそうだし」

「はあああああああああああああっ!?」

咎めないだけでもありえないのに、自分も一緒に入るってなに?

淑女たる貴族令嬢様がなに言っちゃってるんですかね!?

「良いわね、それじゃ三人で入るわよ」

エリカが笑顔で応じる……って、応じちゃダメだよな? 色んな意味でダメだよな? え、本気? 本気で三人で混浴するつもり!?

この二人、互いのことをライバル視とかしてないの? それとも、俺に二股しても良いって暗に言ってるの? 後者だったら、ちょっと惹かれちゃうよ!?

いや、別に二股万歳とか言いたいわけじゃないんだ。俺はどっちかっていうと、たった一人との真の愛を求めるタイプだ。

だけど、この心労から解放されるのなら、ちょっとありだと思ってしまう。

……いや、ごめん、嘘。

いや、それはそれで本音だけど、エリカとシャルロットはタイプの違う美少女だ。そんな二人から混浴に誘われて、なんとも思わないはずがない。

しかも、一番の懸念事項が、なぜか問題になっていない。

だったら、俺は混浴がしたいっ! と、本心を曝け出していると、それじゃさっそく入りましょうと、エリカとシャルロットが靴とタイツを脱ぎ始めた。

月明かりの下に、二人の白くしなやかな足があらわになる。

そして、シャルロットがちゃぷんと、温泉に足を差し入れた。

「はぁ……ホントに気持ち良いね。お手軽だし、病み付きになりそうよ」

「でしょ？　足だけでも全身が温まるし、足のむくみとかが取れるわよ」

シャルロットに続いて、エリカも足を差し入れる。そうして、湯船の縁に腰を下ろした。

二人仲良く、足だけお湯に浸しているが……

「ええっと、なにをやってるんだ？」

「なにって、温泉に入ってるのよ？　ほら、真ん中を空けてあげるから、アベルも早く靴を脱いで入りなさいよ」

エリカがぽんぽんと、二人のあいだにあるスペースを叩く。

俺は言われるままに靴と靴下を脱いで、二人のあいだに腰を下ろした。足先から脛の辺りまでが、温かいお湯に包まれる。

「どう？　足から身体がぬくもるの、気持ち良いでしょ？」

「私も今日知ったんだけど、足湯って言うんだって」

エリカとシャルロットが左右から綺麗な声で話し掛けてくる。両手に花とも言える状況だけど、俺はいまだに混乱から抜け出せずにいた。

「たしかに、これは気持ち良いけど……」

……え、なに？　足湯？　こうやって、足だけ入る温泉ってこと？

「脅かすなよ。混浴とか言うから、本気で驚いたんだぞ」

「それって……っ」

「……アベルくんのえっち」

しまった、墓穴を掘った。

二人が恥ずかしそうに身をよじる……けど、二人も悪いと思う。温泉って存在自体をあんまり知らないのに、混浴とか言われたら誤解するに決まってる。

……ちくしょう。いや、別に期待なんてしてない。してないったらしてないし！

なんて思ってたら、二人が左右別々に、俺の耳に唇を寄せた。

そして——

「アベルがあたしを選んでくれるなら、次はホントの混浴してあげても良いわよ」

「アベルくんが私を選ぶのなら、本当の混浴だってしてあげるよ」

二人が左右の耳元で囁く。

っていうか、なにこれどういうこと？　自分を選ぶならって、互いが俺に告白したって、二人とも知ってるのか？　……いや、それにしては誓いのキスの話は出てない。

偶然？　それとも勘？　分かんないけど……左右でそういうことを囁くのは止めて欲しい。

本気で、心労で死んじゃう……

エピローグ

足湯から上がった俺は、身体が癒やされた代わりに心がボロボロになった。なので、少しよるところがあるからと二人と別れ、ティアの家に転がり込んだ。

「あ、ご主人様、こんばんは～」

「ティア、聞いてくれよ～」

「ご主人様……またなにかあったのか？」

「そうなんだよ～」

俺はティアに抱きついて、イヌミミをモフり倒す。

「ひゃぁ……っ。ご主人様、急に触ったらくすぐったいよぅ」

「モフモフされるのは嫌か？」

俺が問い掛けると、ティアはくすぐったさに身を震わせながらも、首を横に振った。

「たくさんモフモフされるのはくすぐったくて恥ずかしい、けど……ご主人様が喜んでくれるのなら、ティアは嫌なんかじゃないよ」

「〜〜っ。ティアは可愛いなぁ。ホント癒やされる……モフモフ」

俺はたまらなくなって、膝の上に座らせて存分にモフモフする。モフモフしてモフモフしてモフモフしていると、積もりに積もった心労が消えていく。

そうして落ち着きを取り戻した俺は、アイテムボックスからプレゼントを取り出した。

「ティア、いつもありがとう。それと……誕生日おめでとう」

「わぁ……もしかして、ティアにくれるの？」

「ああ。ティアの毛並みを梳《す》くためのクシだ」

「ご主人様、ありがとう〜」

ティアがパタパタとシッポを振る。……可愛い。

「ちなみに、ティアは今日で何歳になるんだ？」

「十二歳だよぉ」

「おぉ、十二歳なのか」
十五、六歳だと、膝に抱っこしてモフモフはアウトな気がするけど、十二歳ならまだまだセーフだ。たぶん、きっと、そうに違いない。
「ねぇ、ご主人様、このクシでティアの毛繕いして欲しい。……ダメ？」

「ダメなわけあるか」

という訳で、俺はティアのイヌミミやシッポ、それに髪の毛にもクシを通していく。サラサラの髪はほとんど引っかかりがなく、イヌミミやシッポも同じ。

だが、確実に毛並みの艶が増していった。

「わふぅ。ご主人様、ありがとう。このクシ、大切にするね」

「ああ、そうしてくれると嬉しい」

ティアがクシを大切そうにしまう。

それを確認してから、俺はあらためてティアをモフモフした。そうしてモフり捲っていると、バーンといきなり扉が破壊された。


「「ここが愛人のハウスね！」」


襲撃かと身構えようとした俺は、来訪者を目にして硬直する。扉から流れ込んできたのは二人。

引きつった笑みを浮かべる、シャルロットとエリカだったのだ。

「ふ、二人ともどうしてここに？」

「最近、アベルくんが毎日どこかに行ってるし――」

「――様子がおかしいから、色々と調べたのよっ！」

シャルロット、そしてエリカが迫力のある目で言い放つ。

「そ、そうだったのか」

し、しまった。すっかり油断してた。

「『それで、その子が……愛人？』」

綺麗にハモる。

二人から真っ黒なオーラがあふれているのはきっと気のせいじゃない。

ヤバイ。ここで答えを間違ったら、本気で俺は死んじゃう。俺は膝の上からティアを退かせて背中に隠し、必死に頭を回転させる。

俺にとってティアは、癒やしのイヌミミ少女。可愛いとは思うけど、異性として見てるわけじゃないから、本当ならやましいことはなにもない。

だけど……二人ともティアを愛人と誤解している。

ここで、違うと言って納得してもらえるとは思えない……けど、他にこれといった言い訳も思いつかない。

あぁ、もう、どうしてこんなことになっちゃったんだ。俺の夢は田舎町に庭付き一戸建てを建てて、可愛い奥さんとペットと暮らすことだったのに……そうだ！

「ティアは……ティアは俺のペットだ！」

愛人でなく、ペット。

これなら、納得してもらえる——はずあるか！　なに、なんなの？　なに馬鹿なこと言っちゃってるの俺。馬鹿なの？　死ぬの？　死にたがりなの？

「……わ、わん?」

あぁ、ティアがなんか気を遣ってイヌの真似を始めた。

止めてくれ。自分でも無理があったたって分かってるから、そんな風に気を遣わないで。

俺が余計に惨めになるからぁーっ!

もう良い。もう無理なんだよ。

……無理?

あぁ……そうだ。女神様が言ってたじゃないか。ダブルブッキングを打ち明ける時期はいつか、そのときが来たら分かる——って。

きっと、いまがすべてを打ち明けるときなんだ。

そうだ、これでようやく楽になれる。

さぁこい。どういうことか説明しろと、二人で詰め寄ってこい。そしたら、俺はすべてを打ち明ける。すべてを打ち明けて、二人に心から謝罪する。

だから——

「ティアは、俺の大切なペットだ」

二人の反応を引き出すために、俺はもう一度言い放った。

それを聞いた二人は——

あとがき

記念すべき5シリーズ目となる新作『聖女に散々と罵られたが、夜の彼女は意外と可愛い』一巻を手に取って頂き、ありがとうございます。

著者の緋色の雨でございます。

今作のテーマは『俺は悪くない！』です。いや、それをテーマと言い張るのはどうかと思いますが、あえてそれがテーマだと言い張ります。

ほら、ハーレム系の物語は、その状況を継続させるために、主人公はハーレムを受け入れるか、日和って追いかけ回されるってパターンが多いじゃないですか。

もちろん、王道には王道の良さがあるんですが、今回は王道から外れた方向で纏めてみたいと思ったんですよね。

なので、今作の主人公は本来、ハーレムを回避する、きっぱり決断を下すような性格なのに、気付いたら取り返しのつかないことになっていて選択肢が与えられない。

だから『俺は悪くない！』というテーマとなっています。

とはいえ、世間一般の評価はギルティだと思いますけどね、完璧に。

みなさんの、アベル爆発しろって声が私にも聞こえてきそうです。

とにもかくにも、そんなアベル達の物語、楽しんで頂けたら幸いです。


最後に、この場をお借りして書籍化に関わったすべての方にお礼を申し上げます。

担当の古里様、書籍化作業が物凄くやりやすかったです。二巻が出るかはまだ不明だと思いますが、機会がありましたら、今後ともよろしくお願いいたします！

またイラストを担当してくださったふーみ様。キャラごとにテーマカラーがあると伺って、サムネを並べた時に「おぉぉ……」と驚かされました。

素敵なキャラクターを生みだしてくださってありがとうございます！

その他、表紙のデザインや校正、出版に関わったすべての皆様。おかげさまで一巻を無事に送り出すことが出来ました。

本当にありがとうございます。

それでは、また二巻でお会い出来ることを願って。

二〇一九年　二月　某日　緋色の雨

この二人になら追いかけられたい…！
Fumie
ふーみ

あなたの"好き"が
ここにある!
大好評
開催中!!
大賞は、書籍化&
オーディオドラマ化!!
さらに、賞金
100万円!
ターノベル
大賞
応募期間:2019年7月31日(水)まで

私、能力は平均値でって言ったよね!
人狼への転生、魔王の副官
悠久の愚者アズリーの、賢者のすゝめ
転生吸血鬼さんはお昼寝がしたい
戦国小町苦労譚
野生のラスボスが現れた!
転生したらドラゴンの卵だった
冒険者になりたいと都に出て行った娘がSランクになってた
即死チートが最強すぎて、異世界のやつらがまるで相手にならないんですが。
最強呪族転生
無職の英雄
プロアマ問わず、ジャンルも不問。
応募条件はただ一つ、
"大人が嬉しいエンタメ小説"であること。
一番自由な小説大賞です!
第1回
アース・ス

EARTH STAR NOVEL

聖女に散々と罵《ののし》られたが、夜の彼女は意外と可愛い

発行 ———— 2019年4月15日　初版第1刷発行

著者 ———— 緋色の雨

イラストレーター ———— ふーみ

装丁デザイン ———— 舘山一大

発行者 ———— 幕内和博

編集 ———— 古里 学

発行所 ———— 株式会社 アース・スター エンターテイメント
〒141-0021　東京都品川区上大崎3-1-1
目黒セントラルスクエア　5F
TEL：03-5561-7630
FAX：03-5561-7632
https://www.es-novel.jp/

印刷・製本 ———— 中央精版印刷株式会社

ISBN 978-4-8030-1289-7